오솔길을 비추는 햇살처럼
그윽한 정원 이야기

거기에
정원이 있었네

오솔길을 비추는 햇살처럼 그윽한 정원 이야기
거기에 정원이 있었네

—

인쇄 2021년 7월 25일 1판 1쇄　**발행** 2021년 7월 30일 1판 1쇄

지은이 송태갑　**펴낸이** 강찬석　**펴낸곳** 도서출판 미세움
주소 (07315) 서울시 영등포구 도신로51길 4
전화 02-703-7507　**팩스** 02-703-7508　**등록** 제313-2007-000133호
홈페이지 www.misewoom.com

정가 16,000원

—

ISBN 979-11-88602-38-4　03810

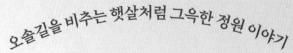

오솔길을 비추는 햇살처럼 그윽한 정원 이야기

거기에
정원이
있었네

송태갑 지음

남도의 풍경은 그 자체가 정원이다.
거기엔 남도 특유의 풍류가 배어 있고
남도 사람들의 따뜻한 정이 더해져 정경이 되었다.
이것이 남도의 풍토다.

산, 강, 바다, 갯벌, 들녘이 있는
풍요로운 정원,
남도에 살고 있는 것에
우리는 얼마나 감사하며 살고 있는가.

머리말

2020년 우리나라는 세계은행이 집계한 국내총생산GDP 순위 세계 10위다. 1인당 국민소득은 3만 달러를 넘어서고 있다. 여러모로 선진국에 진입해 있는 것처럼 보인다. 하지만 아이러니하게도 올해 상반기에 UN산하 자문기구인 지속가능 발전 해법 네트워크SDSN에서 발표한 국가별 행복지수는 세계 61위에 그치고 있다. 특히 자살률은 OECD 국가 중 부동의 1위를 차지하고 있다.

일일이 관련 통계를 제시하지 않더라도 우리나라 사람들이 썩 행복하게 지내고 있는 것 같지는 않다. 청년들 사이에서는 '헬 조선'이라는 단어가 서슴없이 등장한다. 공동체 문화도 와해 일로에 있다. 가족이 붕괴되고 학교가 제 기능을 못하고 있다. 혼밥, 혼술 등 혼족문화Loner culture가 자리 잡아가고 있는 상황이고, '우리'라는 단어보다는 '나'라는 단어가 익숙한 것 같다. 인공지능AI을 앞세운 제4차 산업혁명시대가 급속도로 진행되는 가운데 우리의 정신문화는 갈수록 고갈되어가고 있는 양상이다. 앞만 보고 그저 직진만 할 것이 아니라 잠시 멈춰서서 숨을 고르고 우리의 자존감, 공동체문화를 되살릴 방법은 없는지 곰곰이 생각해 볼 일이다.

과연 무엇이 문제인가? 사실 사람의 자존감은 가정에서부터 시작된다. 가정은 가家와 정庭으로 이루어진다. 하지만 집은 더 커지고 고급스러워졌는지 몰라도 우리는 정원(마당)을 잃어버렸다. 우리의 공동체 문화 역시 마당에서 시작되었다. 결혼식, 장례식 등 인륜지대사人倫之大事를 치른 곳은 마당이었다.

마당은 아이들이 팽이를 돌리고 숨바꼭질을 하며 깔깔대며 흥겨워하던 놀이터였다. 우리 마당에는 감나무, 대추나무, 석류나무 등이 있어 먹는 즐거움도 제공하였다. 또 논밭으로부터 곡식을 가져와 탈곡을 하거나 건조장소로 활용한 마당은 또 하나의 일터였다. 대보름이나 추석, 설날에는 이웃들이 함께 모여 전통문화를 공유하는 장소로도 활용하였다. 하지만 지금 우리는 감히 문화 창작소라고 할 수 있는 그 마당을 잃어버렸다.

집은 아파트로 충분할지 모르지만 가정은 아무리 비싼 아파트를 소유할지라도 쉽사리 만들어지는 것이 아니다. 청소년들 문제도 그렇다. 자연을 벗 삼아 호연지기를 기르고 운동장에서 한창 뛰어놀아야 할 시기에 건물 안에서 대부분의 시간을 보내고 있다. 학교學校시대에서 교정校庭시대로 돌아가야 한다. 바람직한 배움에는 건물校과 운동장庭에서 이루어지는 균형 잡힌 프로그램이 필요할 것이다.

사실 정원은 건물에 달린 부속품이나 사치품이 아니다. 더구나 있어도 되고 없어도 그만인 것은 더더욱 아니다. 우리에게는 훌륭한 정원문화가 있었다. 민간주택은 마당이 정원을 대신했고, 사대부들은 별서정원을 지어놓고 자연과 풍류를 즐겼다. 유럽은 정원문화가 우리보다 훨씬 보편화되어 있다. 중국과 일본 역시 정원문화에 대한 자부심이 대단하다.

정원의 사전적 의미는 울타리 안으로 끌어들인 자연이다. 자연을 생활 속에 조성함으로써 마치 애완동물처럼 길들여 이용하는 면이 없지 않다. 하지만 정원은 그보다 훨씬 심오한 의미를 지니고 있다. 정원은 영어로 Garden인데 그 유래에서 알 수 있듯이 Gan(울타리)과 Eden(기쁨)의 합성어로 이루어진 것으로 성서에 근거를 두고 있다. 결국 정원은 본질적으로 에덴동산을 동경하며 회복하고자 하는 복낙원復樂園을 지향한 삶의 일환으로 볼 수 있다. 도연명의 도화원기에 등장하는 무릉도원 이야기도 크게 다르지 않다. 그런 점에서 정원은 삶에 대한 본질적인 질문이자 그 해답을 찾아가기 위한 하나의 방편일 수도 있다.

　나비를 보려거든 꽃을 심고,
　새 소리가 듣고 싶거든 나무를 심을 것이며,
　사람이 그리우면 정원을 가꿔라.

어쩌면 정원에서는 눈으로 보는 것이 다가 아니고 눈에 보이지 않는 그 어떤 가치를 발견하는 것이 훨씬 중요할 수 있다. 누구나 세상이, 도시가, 마을이, 가정이 더 아름답고 행복해지기를 바랄 것이다. 정원은 우리 삶터의 축소판이자 실험실이다. 그런 점에서 정원을 들여다보고 이야기할 만한 가치는 충분히 있다. 그래서 나는 오늘도 여전히 정원을 찾아 나선다.

2021년 6월
송태갑

차 례

1

남도 정원 이야기

능선 사이의 구름 속에 핀 야생화가 아름다운 지리산(구례군 제공).

●

남도, 시간을 품은 정원이 되다

정원은 아름답다. 하지만 자연만큼 아름다운 정원은 없다. 아무리 아름다운 정원이라 할지라도 거기서 자연요소를 빼 버리고 나면 그것은 아무것도 아니다. 원래 정원의 모티브는 실제 자연이다. 그래서 자연이야말로 위대한 정원이다. 남도의 자연을 보라. 얼마나 경이로운가! 온갖 고초의 세월을 겪어 오면서도 결코 너그러움과 여유를 잃지 않은 의연한 자태가 보이지 않는가. 얼마나 아름다운가! 산이면 산, 바다면 바다, 강이면 강, 들녘이면 들녘, 이처럼 완벽한 정원을 어디서 본 적이 있는가. 또 얼마나 넉넉한가! 보기만 해도 뿌듯한 너른 들판과 짱뚱어 뛰어 노는 생동감 넘치는 갯벌, 고구마와 양파 냄새 향긋한 동구 밖 황토밭, 그뿐인가 동네와 동네, 도시와 도시를 잇는 완만한 산등성이, 마치 어머니 품안처럼 한없이 포근하게 느껴지지 않는가. 고향 같은 원풍경原風景이 고스란히 남아 있는 그야말로 정원庭園 그 자체인 남도에 살고 있는 것에 우리는 얼마나 감사하며 살고 있는가.

남도 땅은 하나의 거대한 정원이다. 남도 사람들은 산업화의 변혁 과정에서도 전원 풍경과 갯벌을 지켜냈고, 자연은 그에 보답이라도 하듯 풍요로운 결실로 응답해 주었다. 남도의 풍경에는 사람들이 무언가 창작하지 않고는 도저히 견딜 수 없게 만들어 버리는 뭔가가 있다. 소리꾼에게는 소리를 내게 하고, 화가에게는 붓을 들게 하고, 문학가에게는 시와 소설로 자연과 삶을 노래하게 한다. 또 남도 사람들에게는 사회문제에 대해 방관하지 않고 일갈하게 하는 남도정신의 원천이 되고 있다. 남도를 예향藝鄕, 의향義鄕, 미향味鄕이라고 예찬하는 것도 그냥 하는 말은 아니다. 유홍준이 《나의 문화유산답사기》를 통해 술회한 남도에 대한 감상 일부를 소개한다.

나주평야의 넓은 들 저편으로는 완만한 산등성의 여린 곡선이 시야로 들어온다. 들판은 넓고 평평한데도 산은 가깝게 다가오니 참으로 이상하다. 나는 이곳을 지날 때마다 마치 길게 엎드려 누운 여인의 등허리처럼 느슨하면서도 완급의 강약이 있는 리듬을 느낀다. 남도사투리에서 말끝을 당기며, '잉~' 소리를 내는 여운과도 같고, 구성진 육자배기의 끊길 듯 이어지는 가락같이도 느껴진다.

담양 들녘에서 조망되는 무등산. 남도의 정체성을 대변하는 원풍경이다.

저는 손장섭, 강연균, 임옥상 같은 호남의 화가들이 풍경
속에 그리는 시뻘건 들판이 남도의 역사적 아픔과 한을 담
아낸 조형적 변형인줄 알았는데 여기 와 보니 리얼리티였
네요. 정말로 강렬한 빛깔이네요.*

* 유홍준 저, 《나의 문화유산 답사기−남도답사1번지》, pp.16−17, 2009, 창비.

남도 땅은 어디를 둘러보아도 풍광이 빼어나 특별한 안목 없이도 적당한 곳에 누정 하나 지어놓고 근경, 원경 할 것 없이 자연산수를 통 크게 정원 삼아 풍류를 즐길 수 있었던 곳이다. 남도 사람들이 풍류를 알게 된 것은 바로 남도의 풍경에 기인한 것이 아니겠는가. 사람들이 정이 깊은 것도 바로 풍경과 연관이 있을 것이다. 남도의 풍경은 그냥 풍경이 아니고 정경情景이다. 풍경 여기저기에 남도 사람들의 온정이 듬뿍 배어 있기 때문이다. 사람들은 자연을 일구며 가꾸어 왔고 또 자연은 그들에게 아낌없이 내어주며 남도다운 풍경 연출을 합작한 것이다. 이것이야말로 진정한 상생 아니겠는가. 그런 의미에서 남도 사람들은 거대한 남도정원의 훌륭한 정원사들인 셈이다.

　　이처럼 바람風은 자연에게도 사람에게도 숱한 이야깃거리를 남겨 왔을 뿐 아니라, 자연과 사람의 소중함 또한 일깨워 주었다. 오랫동안 이 땅을 지나는 바람이 남기고 간 흔적은 켜켜이 쌓여 바로 남도의 풍토가 되었다. 더 아름답고 풍요로운 남도정원으로 가꾸어 가는 것은 지금을 살고 있는 우리들의 몫이 아닐까.

풍경 속에 정원이 있고, 정원 속에 풍경이 있다

　풍경에 해당되는 영어의 Landscape는 원래 고대 네덜란드어로 Landschap에서 유래되었는데 독일어로 Landschaft다. 여기서 Land는 '土地', '地域'을 의미하고, Landschaft는 '지방 행정구역'을 가리키기도 했다. 이렇게 Landscape풍경는 2차적으로 파생된 용어다. 풍경은 장소성, 풍토성을 말하는 것으로 향토성을 짙게 반영하고 있다. 이처럼 지역 혹은 지방 그 자체가 풍경이라고 할 수 있는데, 말하자면 지형, 기후, 문화, 역사 등이 이루어낸 향토적 특성이 바로 풍경인 셈이다.

　풍경은 정원의 원천源泉으로서 정원을 알아가기 위해서는 먼저 풍경감상법을 체득해야 하고 아울러 풍토에 대한 이해가 전제되어야 한다. 요컨대 오래전부터 풍토에 관여하며 살아온 사람들과 그들이 일궈온 소산所産에 대해 겸허하게 다가가야 한다. 풍경과 정원은 마치 부모와 자식 같아서 정원 가꾸기는 일종의 풍경 따라하기다.

　풍경과 정원에는 신비한 아름다움과 생명력이 있다. 원근을 넘나들며 즐길 수 있다는 점에서 러시아 인형인 마트료시카와 닮았다. 마트료시카는 둥근 목각인형이다. 뚜껑을 열면 그보다 작은 인형이 나오고 그 안에 또 작은 인형이 반복해서

마트료시카 인형을 배열해 놓은 듯한 월출산의 봄 풍경(전라남도 제공).

나온다. 보면 볼수록 빠져들고, 가까이 다가갈수록 새로운 그
림이 차례로 전개된다. 인형 이름은 어머니를 뜻하는 '마티'에
서 유래했다고 하고, 종류도 수천 종이나 되는 러시아의 대표
적인 문화상품이다. 꽃 한 송이의 아름다움에 빠져들게 하기
도 하고 멀리 보이는 첩첩산중의 스카이라인에 도취되게 하는
점, 또 끊임없이 이야깃거리를 제공하며 흥미로움을 선사한다
는 점에서 풍경과 정원은 마트료시카와 참 많이 닮았다.

2

담양과 정원도시

담양 죽녹원 풍경.

아름다운 정원도시, 담양

좋은 도시란 어떤 도시를 두고 하는 말일까. 누가 뭐래도 살기 좋은 도시가 아니겠는가. 그렇다면 살기 좋은 도시란 어떤 도시를 말할까. 당연히 경제, 환경, 교통, 문화 등 다양한 차원에서 만족도가 높아야 함은 두말할 필요가 없다. 그러나 그것만으로는 안 된다. 최근에 많이 언급되고 있는 지속 가능성을 빼놓을 수 없다. 요컨대 과거, 현재, 미래가 병존하는 균형 잡힌 도시를 말할 것이다. 과거에 치중하다 보면 금방 뒤쳐질 수 있고, 현재에 집중하다 보면 미래가 불안해질 수 있으며, 미래에 좀 더 비중을 두다 보면 현재가 힘들어질 수 있다. 어느 쪽에도 치우치지 않고 균형을 잡아가는 일은 생각처럼 쉬운 일은 아니다. 그런 관점에서 담양에 주목하고자 한다.

담양은 전통적으로 대나무 고장이다. 과거 죽제품 하나쯤 사용하지 않은 가정은 거의 없을 것이다. 대나무는 한때 우리 생활에서 떼려야 뗄 수 없을 만큼 생활 깊숙이 들어와 있었다.

그러나 플라스틱의 등장으로 대나무 제품은 점점 생활주변에
서 자취를 감추기 시작했다. 그것은 담양의 위기였다. 그렇다
고 대나무를 살리자고 무작정 과거로 돌아갈 수는 없는 노릇
이었다. 고민 끝에 역발상으로 대나무를 새롭게 해석하기 시
작했다. 이렇게 탄생한 것 가운데 하나가 죽녹원竹綠苑이라는
대나무 정원이다. 결과적으로 평범한 대나무밭이 한 해 수백
만 명의 관광객을 불러들이는 효자상품이 되었고, 도시민들에
게 휴식과 치유의 장소로 각광을 받고 있다. 1, 2차 산업에 머

물러 있던 대나무가 6차 산업의 첨병으로 거듭나 또 다른 차원에서 사람들에게 유익을 선물하게 된 것이다. 그 연장선에서 개최된 세계대나무박람회는 대나무의 다양한 가치와 활용 방법을 재확인하는 좋은 계기가 되었다.

담양에서 주목해야 할 점은 무엇보다 생태정원도시를 향한 실천력이 아닌가 싶다. 담양은 오랫동안 생태도시를 추진해왔다. 그 시작점은 어쩌면 메타세쿼이아 가로수길인지도 모르겠다. 사실 이 가로수들을 지켜내기 위한 담양군과 시민들의 노력은 결코 가볍게 평가해서는 안 될 것이다. 광주-담양 간 국도 29호선, 담양 대전면-순창 간 국도 24호선 확포장 과정에서 하마터면 사라질 위기에 처했던 가로수 178그루를 시민과 언론 등의 집요한 노력으로 지켜낸 것이다. 이후 담양군은 가로수길 아스팔트 포장을 걷어내고 자연친화적인 시민들의 정원으로 바꾸어 놓았다. 지금은 담양을 대표하는 경관자원이 되었고 지역관광의 한 축으로 크게 기여하고 있다.

담양에는 영산강 시원인 용소龍沼가 있다. 용소가 위치한 곳은 가마골 생태공원이다. 당초 이곳에는 이용객들의 편의를 도모하고자 숙박시설, 운동시설 등 각종 편의시설들이 들어서 있었다. 이후 용소가 갖고 있는 상징성과 가치를 고려하여 대부분의 시설물들을 과감히 철거하고 내부의 콘크리트 도로포

담양 힐링 관광의 효자 노릇을
톡톡히 하고 있는 죽녹원.

장을 제거함으로써 오염의 근본원인을 차단하기 위한 노력을 지속적으로 기울여 왔다. 또 담양은 2004년 7월 우리나라 최초로 대전면·수북면·황금면 등 영산강변 일원을 생태자원 보호를 위해 습지보호지역으로 지정했다. 일반 하천습지와는 달리 하천 내에 목본류 등 식생이 밀집되어 있고 지역의 상징인 대나무가 대규모로 군락을 이루고 있으며, 멸종위기종인 매, 천연기념물인 황조롱이 등 희귀 야생동식물이 서식하고 있어 보전할 가치가 뛰어난 것으로 평가받은 것이다.

사실, 메타세쿼이아, 관방제림, 죽녹원, 하천습지 등을 하나씩 따로 떼어놓고 보면 경쟁력을 갖기에는 뭔가 부족해 보이지만, 이런 경관자원 하나하나가 모여 시너지 효과를 발휘할 수 있음을 증명하고 있다. 담양의 생태정원도시 가꾸기는 여전히 현재진행형이다. 담양은 중소벤처기업부로부터 인문교육·전통정원특구로 지정받았으며(2020.5), 죽녹원 일원에 지방정원(사군자정원)을 조성 중에 있다. 아울러 한국의 정원문화를 선도할 국립정원문화진흥원을 유치하여 오는 2024년에 개원할 예정이다.

대나무를 살려내기 위한 새로운 발상, 용소와 하천습지를 보호하는 지속 가능한 정책, 메타세쿼이아 가로수를 지켜낸 시민들의 지혜와 헌신, 이런 지역의 모든 역량이 한데 모여 지

아스팔트를 걷어내고 걷기 좋은 가로정원으로 거듭난 메타세쿼이아 가로수길.

금 담양이 생태정원도시, 관광도시로 도약하는 데 있어서 원동력이 되는 것이 아닌가 생각해 보게 된다.

소쇄원, 정원의 본질을 말하다

담양에는 소쇄원을 비롯하여 식영정, 송강정, 면앙정, 명옥헌 등 수없이 많은 누정들이 산자락마다 걸려 있다. 그중에서도 우리나라 정원을 이야기할 때 결코 빼놓을 수 없는 곳이 있다. 바로 소쇄원이다. 사실, 마당문화에 익숙했던 우리에게 정원은 귀에 익은 단어는 아니다. 본래 마당은 식물과 친숙한 공간이 아니라 뭔가 동적인 이벤트를 위해 항상 비워져 있어야 했다. 마당에서 결혼식, 장례식 등을 치렀고, 수확한 농작물의 뒤처리도 대부분 거기서 이루어졌다. 소쇄원 덕분에 우리는 정원을 알게 되었고 정원의 맛을 느낄 수 있었다. 또 우리에게도 훌륭한 정원이 있음을 자랑스러워할 수도 있었다.

소쇄원은 조선 중기 양산보梁山甫, 1503-57가 조성한 대표적인 민간 별서정원이다. 바꿔 말하면 별장과 같은 곳이다. 소쇄원이 주목받은 것은 단순한 정원의 아름다움 때문만은 아니다. 소쇄원과 인근에 있는 식영정, 환벽당(광주 충효동), 송강정, 면앙정 등에서 당시 내로라하는 식자識者들, 요컨대 면앙 송순, 송강 정철, 석천 임억령, 하서 김인후, 사촌 김윤제, 제봉 고경명 등이 교류하면서 이루어낸 호남의 사림문화와 수많은 시가詩歌들이 탄생했기 때문이기도 하다.

소쇄원이 담고 있는 정원의 미학은 무엇일까? 이름부터 범상치 않다. 먼저 소쇄瀟灑는 '맑고 깨끗하다'는 뜻을 지니고 있어 당시 정원에 담고자 한 조영자造營者의 심경을 가늠해 볼 수 있다. 주로 학문수양을 위한 공간인 제월당霽月堂과 차와 담소를 나누었던 광풍각光風閣은 송나라 명필 황정견黃庭堅이 주무숙周茂叔의 사람됨을 광풍제월光風霽月에 비유한 것에서 유래한 것으로 알려지고 있다. 제월은 '비 갠 하늘의 상쾌한 달'이라는 뜻이고 또 광풍은 '비 갠 뒤 해가 뜨며 부는 청량한 바람'이라는 뜻이다. 빛과 바람이 정원을 정원답게 하는 풍경의 기본원리라는 것을 간파했다는 점에서 감탄하지 않을 수 없다. 정원은 빛의 예술이고, 바람이 빚은 작품이기 때문이다. 그래서 아름다운 장면을 풍경이라 하고 광경光景이라 하며, 이를 합쳐 풍광이라고 하는 이유다.

소쇄원에서 놓쳐서는 안 될 것이 또 하나 있다. 그 공간만이 지니고 있는 독특한 정서를 감안하여 감상해야 하는 정경이다. 근경, 원경을 넘나들며 읊었던 시와 노래에 천착하여 관념적으로 경관을 관찰해 보는 일도 자못 흥미로운 일이다. 바람에 흔들리는 댓잎, 소나무에 앉아 지저귀는 새, 계류를 통해 흐르는 물, 나뭇가지 사이로 보이는 구름과 달빛마저도 놓치지 않고 즐겼던 안목과 여유를 한 수 배워보는 것도 색다른 정원감상법이 아닐까.

3

담양, 미암일기를 산책하다

연계정에서 자그마한 연못과
미암일기를 보관했던 모현관이 조망된다.

미암과 덕봉의 삶의 향기 그윽한 연계정을 산책하다

　《미암일기眉巖日記》(보물 제260호)는 조선 중기 학자이자 문신
인 유희춘柳希春, 1513-77이 직접 기록한 친필일기다. 1567년 10월
부터 1577년 5월까지 대략 10여 년간에 걸쳐 기록한 것으로 현
존하는 개인일기 중 가장 방대한 것으로 알려져 있다.* 이 일
기가 세간의 주목을 받은 이유는 단순히 개인의 일상적인 이
야기에 그치는 것이 아니라 당시의 다양한 사회상을 엿볼 수
있기 때문이다. 뿐만 아니라 유희춘과 그의 아내 송덕봉 사이
에 알콩달콩 전개되는 부부 이야기, 기개 넘치는 문학세계 등
은 한 편의 멋들어진 드라마를 감상하는 듯하다. 임진왜란으
로 인해 1592년 이전의 《승정원일기承政院日記》가 모두 불타 없
어진 바람에 《선조실록宣祖實錄》을 편찬할 때, 율곡 이이의 《경
연일기經筵日記》와 고봉 기대승高峰 奇大升, 1527-72의 《논사록論思錄》

---

* 《미암일기》 제1집(1567.10-1568.11) 발간사, 1992, 담양군향토문화연구회(사)

등과 함께 중요한 참고자료로 활용되었을 만큼 사료史料적 가치도 높게 평가받고 있다.

　이곳에 가면 마치 타임캡슐을 만나기라도 한 것처럼 설렘을 안고 찬찬히 산책을 하게 된다. 이곳은 노루뫼獐山라는 뒷산 덕분에 일명 '노루골'이라고 불리고 있는 담양군 대덕면 장산마을에 위치해 있다. 마을 어귀에 다다르면 족히 500년은 되어 보이는 느티나무 보호수가 마치 팔을 벌려 환영하듯 가장 먼저 반긴다. 조금씩 안쪽으로 발걸음을 옮기다 보면 좌측 언덕배기에 연계정漣溪亭이라는 작은 정자가 연못을 내려다보며 다소곳이 앉아 있다. 연못 주변에는 노거수들이 에워싸고 있고 그 실루엣이 연못에 반사되어 한껏 운치를 더한다.

　연못 안쪽에 있는 작은 건물 하나가 유독 눈길을 끄는데 다리를 통해 진입하도록 되어 있다. 아담한 석조건물은 이 정원에서 풍경의 중심 역할을 하고 있다. 바로 《미암일기》를 비롯한 유희춘의 유물을 보관했던 모현관이다. 지금은 인근에 미암박물관을 건립하여 각종 관련 유물을 전시·관리하고 있다. 모현관은 1959년 후손들이 《미암일기》를 보관하기 위해 석조로 지었는데 독특한 양식 때문에 주목을 받고 있다. 화순에서 소달구지로 화강암을 실어오고 광주의 유명 석공들이 참여하여 돌을 다듬었다고 전해진다. 건물 정면에 "모현관慕賢館"

연계정 누마루에서 바라보는 모현관과 연못 풍경.

이라고 새겨진 글씨는 남종화의 대가인 의재 허백련이 썼다
고 한다.

　모현관을 감상한 후 연못 한 바퀴를 돌아 연계정에 오르
면 연못과 마을숲, 마을 뒷산까지 근경과 원경을 한눈에 감
상할 수 있다. 연계정 규모는 정면 3칸에 측면 1칸 반으로 좌
측 1칸과 전면 쪽마루를 두었으며 우측 2칸은 내실로 이루어
져 있다. 개항기의 학자이자 의병장이었던 장성 출신 송사 기

우만松沙 奇宇萬, 1846-1916이 《연계정중건추기蓮溪亭重建追記》에서 "일구계정一區溪亭"이라고 적고 있어 정자 앞으로 물이 흘렀음을 알 수 있다.[*]

연계정의 용도는 독수정 14경景을 지은 바 있는 완산 이광수完山 李光秀의 근서謹書를 통해 알려져 있는데 다음과 같다.

연계정은 문절공 미암 선생이 도를 가르치던 곳이다. 대개 선현의 발자취가 있는 곳에는 모두 비를 세우거나 누각을 세워 사모하는 마음을 표하는 것이거늘 하물며 이곳에서 쉬고 이곳에서 거처하고 이곳에 정자를 짓고 또 이 정자에서 도를 강론하였으니 후학들이 공경하고 사모하는 마음이 어찌 정자의 흥폐로써 깊고 얕음이 있으랴.

이 내용으로 보아 정자의 기능이 쉬고 거처하기도 하는 별서정원으로 기능했음을 알 수 있고, 또 후학들을 가르치는 배움터로 활용했음을 알 수 있다. 이어지는 내용에서는 당시의 정자와 정자 이름, 그리고 연못 풍경에 대해 비교적 소상히 전하고 있다.

[*] 김은희 저, 〈정자기행(76)〉, 담양 연계정, 2012.4.23 한국매일.

정자는 추성秋成(담양)고을 남쪽에 있는데 사방으로 산이 솟아 있어 푸르고, 골짜기 물이 난간 앞에 괴어 못이 되고 또 졸졸 흘러서 시냇물이 되었는데, 시내 이름이 연계漣溪이므로 선생이 그때 정자의 이름을 이 시내 이름에서 딴 것인지 또는 시내 이름이 정자로 인하여 붙여지게 되었는지 알 수 없다. 또 선생의 자호가 연계이므로 시내와 정자가 모두 선생의 호를 따라 이름이 되었는지도 알 수가 없다. 선생의 문집 중에 혹은 연계권옹漣溪倦翁으로 칭한 것도 있으니 이에 의하면 자호도 또한 꼭 그러하다고 볼 수 없다. 정자는 병란에 무너지고 선생의 유고遺稿도 유실되어 자손이 그 유허遺墟만을 지키니 사방 선비들은 다만 선생의 정자 터만을 알 따름이다.

한편 실제 미암은 1575년 12월 18일자 일기에 집 앞에 흐르는 냇가를 '연계'라고 이름 지은 대목이 나온다. 이 정자는 병자호란 때 소실되었는데 이를 안타까워하던 차에 문인들 90여 명이 힘을 모아 다시 세웠고 그 후로도 여러 차례에 걸쳐 중건한 것으로 알려져 있다.

유희춘은 1513년에 해남 외가에서 유계린柳桂隣과 탐진 최씨의 차남으로 태어났다. 아버지 유계린은 《표해록漂海錄》으로 유명한 장인 최부와 순천으로 유배 온 김굉필金宏弼, 1454-1504에게서 성리학을 배운 선비였으나 최부와 김굉필이 1504년 갑자사화로 희생되자, 벼슬을 포기하고 평생 처사로 살았다. 어머니 탐진 최씨는 강직한 선비 금남 최부錦南 崔溥, 1454-1504의 장녀다. 유희춘의 자는 인중仁仲, 호는 미암眉巖인데, 미암이란 호는 그가 해남 금강산(582미터) 남쪽 기슭에 살았을 때 뒷동산 바위가 미인의 눈썹처럼 생긴 것에 착안하여 붙여졌다고 한다. 유희춘은 송정순의 물염정勿染亭에서 하서 김인후와 함께 최산두 문하에서 수학하였다.

그는 1536년 24세 때 담양 출신인 당시 16세였던 송덕봉宋德峰, 1521-78을 아내로 맞이했다. 송덕봉은 여류시인으로 담양 대덕에서 태어났다. 송씨는 《덕봉집德峯集》이라는 시문집을 남길 정도로 문학에 조예가 깊었다. 미암의 학문에 매료되어 결혼을 결심했던 송덕봉은 유난히 키가 작은 미암과의 혼인을 가족들이 반대하자 버선을 도톰하게 신고 오도록 일조했다는 일화는 우리를 웃음 짓게 한다. 유희춘과 송덕봉은 부부로서뿐 아니라 때로는 학문적 동지로 소통하면서 가정을 꾸려가는 모습을 보여주기도 했다. 미암일기는 기록의 달인 남편 유희춘과 시대를 초월한 기품 있는 아내 송덕봉이라는 부부를 통해 드라마틱한 한 시대 이야기를 접할 수 있게 해 준다. 미암일

미암박물관의 진입부에서 조망되는 내부 정원 풍경.

기를 보다 실감나게 느끼기 위해서라도 그 중심 무대였던 연계정, 유희춘과 송덕봉이 살았던 집, 미암일기를 보관했었던 모현관, 그리고 최근에 들어선 미암박물관 등을 두루 산책해 볼 것을 권하고 싶다.

조선의 진정한 로맨티스트 송덕봉

　조선시대 여성들의 경우 남성들에 비해 상대적으로 부각되는 인물들이 그리 많지 않다. 그것은 강한 유교문화의 영향 아래 있었고 학문이나 활동영역 등에서 남성 위주의 사회였기 때문이기도 하다. 그런 가운데 신사임당[1504-51], 허난설헌[1563-89], 이매창[1573-1610], 황진이[1520-60] 등은 지덕을 겸비한 탁월한 여성으로 익히 알고 있다. 이에 결코 뒤지지 않은 매력을 지닌 여성이 있는데 바로 담양의 송덕봉이다.

　그녀는 홍주 송씨인 송준[宋駿, 1477-1549]과 함안 이씨 슬하의 3남 2녀 중 막내로 태어났다. 송덕봉의 휘는 종개[鍾介], 자는 성중[成仲]이며, 호는 덕봉[德峰]이다.* 여성으로서는 흔치 않게 휘·자·호를 모두 가진 인물이다. 송덕봉은 경사[經史]와 시문에 뛰어난 여성 문인으로《덕봉집[德峰集]》이라는 시문집을 남겼다. 여기에는 흔히 유교라고 일컬어지는 성리학적 관점에서 사대부가의 사회적 가치, 부부간의 도리, 가족애 등이 담긴 그녀의 한시 25수가 담겨 있다. 특히 남편 유희춘과 주고받은 편지는 마치 한 편의 멋진 오페라를 보는 듯 흥미진진하다.

---

* 문희순 외 공역,《국역 덕봉집》, p.11, 2012, 조선대학교 고전연구원.

연못 주변의 노거수들 사이로 조망되는 연계정.

　어느 날 미암이 여자로서 콧대가 센 아내 덕봉에게 이르기를 "부인이 문 밖에 나감에 코가 먼저 나가더라婦人出戶鼻先出"고 빗대어 놀리자, 이에 덕봉은 "남편이 길을 다니매 갓 끈이 땅을 쓸더라夫君行路纓掃地"며 유난히 키가 작은 미암에게 응수했다. 이 짧은 문장에서 조선시대에 주고받았던 내용이라고는 상상하기 힘든 여유와 해학이 넘친다. 또 봄꽃이 흐드러지게 핀 어느 날 미암은 정원에 핀 꽃을 감상하다가 시 한 수 적어

아내 덕봉에게 슬며시 건넸다. 시는 "지극한 즐거움을 읊어 성중에게 보여주다至樂吟示成仲"라는 제목이다.

> 뜰의 꽃 흐드러져도 보고 싶지 않고園花爛漫不須觀
> 음악 소리 쟁쟁 울려도 아무 관심 없네絲竹鏗鏘也等閑
> 좋은 술과 어여쁜 자태에도 흥미가 없으니好酒妍姿無興味
> 참으로 맛있는 것은 책 속에 있다네眞腴惟在簡編間

자신은 오로지 학문에만 정진하며 다른 곳에는 한눈팔지 않고 있음을 은근히 과시하는 시구였다. 그것을 읽고 난 아내 덕봉은 미암이 지은 시의 운율을 그대로 빌려서 화답한다.

> 봄바람 아름다운 경치는 예부터 보던 것이요春風佳景古來觀
> 달 아래 타는 거문고도 하나의 한가로움이지요月下彈琴亦一閑
> 술 또한 근심을 잊게 하여 마음은 호탕해지는데酒又忘憂情浩浩
> 당신은 어찌 책에만 빠져 있답니까?君何偏癖簡編間*

오히려 남편보다 더 호방하고 유머러스하게 남편의 고지식

---

* 김덕진 외 공저, 《조선시대의 홍주 송씨가의 학술과 생활》, p.89, 심미안.

한 면을 꼬집었다. 어디 그뿐인가? 송덕봉은 넓은 세상으로 나가 자신의 능력을 마음껏 발휘하고 싶어 했으나 조선의 여인으로 태어나 깊은 규방에 갇혀 살아야 하는 현실을 직시하며 읊은 자조 섞인 시도 있다.

천지가 비록 넓다고 말들하지만 天地誰云廣
깊은 규방에선 그 모습 다 못 보네 幽閨未見眞
오늘 아침 반쯤 취하고 나니 今朝因半酢
사해는 트여 가없기만 한 것을 四海闊無津*

그렇다고 불만을 갖고 자신의 주장만을 앞세우거나 현실적 역할을 소홀히 한 것은 아니다. 송덕봉은 관직과 유배생활 등으로 남편과 떨어져 있는 동안에도 홀로 시어머니를 모시고 살았고, 시어머니가 돌아가신 후에도 삼년상을 치러야 했다. 조선 선비의 아내로서 혹은 며느리로서 자신에게 주어진 삼종지도 三從之道를 따르고자 최선을 다하는 송덕봉의 마음이 엿보이는 대목이다. 단순히 당차고 지적인 것에 그친 것이 아니라 자신의 역할을 묵묵히 수행하면서도 여유와 해학을 잃지 않았

* 문희순 외 공역, 《국역 덕봉집》, p.35, 2012, 조선대학교 고전연구원.

느티나무와 마삭줄이 온통 주위를 둘러싸고 있는 연계정 풍경.

다. 이상과 현실 속에서 균형감각을 잃지 않았다는 점에서 당
시 보기 드문 진정한 로맨티스트가 아니었나 생각해 본다.

4

담양 죽화경

죽화경에는 가꾼 듯 아닌 듯 수많은 야생화들이 자연스럽게 꽃을 피우고 있다.

남도를 쏙 빼닮은 민간정원 제2호, 죽화경

　아름답기로 소문난 양산보의 별서정원인 소쇄원, 정철의
《사미인곡》 창작 무대인 송강정松江亭, 그리고 송순이 〈면앙정
가〉를 읊었던 면앙정俛仰亭, 목백일홍이 흐드러지게 필 무렵엔
천하일품인 명옥헌鳴玉軒 등 산자락마다 누정이 걸려 있는 담
양은 우리나라를 대표하는 시가와 정원문화의 산실이다. 이
처럼 고품격 정원의 고장답게 담양은 자연경관과 역사자원을
지속적으로 지켜 나가기 위해 생태도시를 추진해 왔다. 산업
단지 대신에 문화복합단지, 아파트보다는 전원주택을 유도해
온 것도 그런 이유다. 이런 취지에 걸맞게 메타세쿼이아 가로
수길, 관방제림, 죽녹원 등을 생태자원화하여 지역의 훌륭한
관광자원으로 활용하고 있다. 어느 정도 성과를 올린 담양은
이제 본격적인 정원도시庭園都市를 꿈꾸고 있다.
　그러나 정원도시를 실현하기 위해서는 공공의 힘만으로는
한계가 있다. 지역주민이 발 벗고 나서지 않으면 안 된다. 요

컨대 생활 속에서 정원문화를 일구어 가는 것이 무엇보다 중
요하다는 의미다. 이런 가운데 민간 영역에서 담양의 정원문
화를 계승하고 발전시키려는 움직임이 있어 여간 반가운 일이
아닐 수 없다. 가장 적극적으로 선도하고 있는 곳이 바로 담
양군 봉산면에 위치한 죽화경이다. 죽화경竹花景은 면적이 1만
2611제곱미터이고, 100여 종의 장미와 각종 화훼류 350여 종,
그리고 교목 34종, 관목 63종이 있으며, 그밖에 초화류 240여
종을 보유하고 있는 소박한 자연정원이다. 녹지면적이 96%에
이를 정도로 인공시설을 최소화하고 있는 것이 특징인데, 생
태도시 담양의 취지에 걸맞고 자연풍경식을 지향하는 남도정
원에도 어울리는 정원이다.

　이 정원을 가꾸고 있는 주인공은 유영길 씨다. 산림분야의
공무원으로 재직하신 아버지의 영향으로 어려서부터 식물에
관심을 갖게 되었고 자연을 너무 좋아하게 되었다고 한다. 이
를 계기로 언젠가는 자신만의 정원을 갖고 싶다는 생각을 하
게 되었고 독학으로 식물을 공부하면서 마침내 조경학 석사까
지 취득하게 되었다. 이후로도 전국 방방곡곡 식물원과 정원
을 찾아다니며 꿈을 현실화하기 위한 노력을 계속해 왔다. 그
러던 중 경기도 가평의 아침고요수목원을 구경하고 나오면서
결심을 굳혔다고 한다. 마침내 10여 년 전 야산 골짜기의 다

정원을 가꾸는 죽화경 주인 유영길 씨.

랑논 1000여 평의 땅을 매입하게 되었고, 지금은 4000여 평의
어엿한 정원으로서 면모를 갖추게 되었다. 정원 가꾸는 일이
그렇듯이 혼자서는 감당하기 어려운 일이 너무 많아서 아버지
를 비롯한 가족의 이해와 아내 신정희 씨의 헌신이 큰 버팀목
이 되었음을 강조한다.

죽화경의 대표적인 꽃은 장미다. 그래서 2010년부터 매년
5월 장미축제를 개최하고 있고 축제기간에는 사진 콘테스트,

야생화 전시회 등의 프로그램도 운영하고 있다. 이처럼 죽화경이 세간의 주목을 받게 되었는데 2011년에는 한국관광공사에 의해 자연관광부문 '가볼 만한 곳'으로 선정되었고, 2012년에는 담양군으로부터 '담양명소'로 지정되었으며, 2017년 3월에는 전라남도 '민간정원 제2호'로 지정되는 영예를 안았다.

유영길 씨는 2013년 순천만국제정원박람회의 실외정원 부문에 출품하여 기업정원 설계와 시공을 맡은 적도 있어 정원 디자이너로서도 재능을 유감없이 발휘하기도 했다. 그의 정원에 관한 가치관은 독특하다. 지역이나 시대를 초월한 다양한 분야의 장점을 살린 융복합형 정원을 지향한다. 죽화경이라는 정원의 이름에서도 알 수 있듯이 담양을 상징하는 대나무竹와 서양 정원의 상징인 장미를 주요 소재로 활용하고 있다. 1만여 개의 대나무로 엮어진 울타리 안에 꽃과 나무를 심고 연못을 만들었으며 360개의 대나무 삼각지주대로 온갖 장미들이 마음껏 줄기를 뻗고 꽃을 피우도록 하는 상생의 의미와 동서양의 융합을 함축적으로 표현하고 있다. 또 전통과 현대적 요소를 적절히 정원 소재로 도입하기도 하고 예술에 관심이 많아 향후 자연과 예술을 접목한 정원으로 시도해 보고자 하는 계획도 있다고 한다. 무엇보다 심신이 지친 현대인들에게 이곳 정원이 마음의 안식과 치유의 장소로 그 역할을 다

죽화경의 주인공 가운데 하나인 줄장미가 흐드러지게 피어 있다.

할 수 있기를 바라는 마음 간절하다고 토로한다.

　죽화경은 어쩌면 세련되고 화려한 디자인의 정원을 보고 싶
어 하는 사람들에게는 기대에 미치지 못할지도 모르겠다. "자
세히 보아야 예쁘다 오래 보아야 사랑스럽다 너도 그렇다." 나
태주 시인의 〈풀꽃〉을 음미하면서 여유를 가지고 천천히 관찰
하다 보면 이 정원의 꽃과 나무, 그리고 풍경이 주는 소박한
아름다움을 충분히 만끽할 수 있지 않을까.

죽화경을 찾은 관광객들이 정원의 매력에 흠뻑 빠져 있다.

정원사의 가든 북 이야기

죽화경에는 여느 식물원과는 달리 꽃과 나무에 명찰이 없다. 하지만 정원 중간 중간에 세워진 목판에 새겨진 글귀를 접하는 재미가 쏠쏠하다. 여기에는 유명한 사람들의 채근담이나 자연예찬론이 있고 정원사 자신이 직접 전하고 싶은 글귀도 눈에 띈다. 아마도 정원사는 방문자들이 식물이름의 숙지

일명 '가든북'으로 일컬어지는 목판에는 좋은 글귀들이 새겨져 있다.

여부에 구애받지 않고 가급적 자유롭게 감상하기를 바라는 마음이 있는 것 같다. 또 정원의 꽃과 나무가 주는 시각적 아름다움에만 눈길이 머무르는 것보다는 정원, 나아가 자연이 주는 본질적 가치에 대해 얘기하고 싶은 나름대로의 의도가 있는 것처럼 보인다. 그래서 그는 남녀노소 누구나 방문하여 감상할 수 있기를 바라지만, 가급적 어린이나 젊은 청소년들이 자주 방문하여 창의력과 상상력을 끌어낼 수 있는 체험교육장으로 활용되었으면 좋겠다고 강조한다. 그것은 그가 일명 '가든 북Garden Book'이라는 목판에 새겨놓은 글귀를 읽다 보면 어느 정도 이해가 된다.

그곳엔 아이가 꿈을 키우듯 조그만 사과나무가 열매를 달고 있고 내년을 기다리는 대추나무도 있다. 대지는 책이 되고 꽃과 나무와 곤충들은 각각의 페이지가 된다. 책은 페이지가 닳아도 아이는 토실토실 살쪄간다. 보지 않으면 느끼기 힘들고 느끼지 않으면 표현할 수 없듯이 마음의 책은 끊임없이 모두를 성장하게 한다.

무엇보다 정원에 들어와 한 걸음 한 걸음 걷다 보면 '이게 뭐지?' 정원인 듯 야산인 듯 그 경계를 허물고 있고 가꾼 듯 방치한 듯 판단이 모호해지기도 하지만 마침내 그런 자연스러움에 젖어들게 되면 왠지 떠나기 싫어지는 묘한 매력이 있는 정원이다. 그래서 정원사는 어떤 풍경으로 완성도를 높여갈지, 앞으로 그려질 죽화경만의 가든 북이 더욱 기대된다.

5

순천만국가정원

2013 순천만세계정원박람회가 개최되었던 장소가 국가정원 제1호인 순천만정원으로 지정되어 현재 순천의 대표적인 도시 브랜드가 되었다(순천시 제공).

국가정원 제1호, 순천만정원

남도에는 자랑거리가 참 많지만, 순천만국가정원도 대외적으로 당당하게 내세우고 싶은 자랑거리의 반열에 올라 있다. 지리산이 국립공원 제1호로 지정된 이래, 또 하나의 경사가 바로 순천만세계정원박람회장이 순천만 갈대숲과 더불어 국가정원 제1호로 지정된 것이 아닌가 싶다. 순천만국가정원은 이제 우리나라를 대표하는 상징적 정원이 되었다. 흥미로운 일은 당초 '국가정원'이라는 개념조차 없었다는 점이다. 당시 박람회를 준비하는 과정에서 가장 큰 이슈는 박람회의 성공적 개최와 더불어 박람회장의 사후 활용방안이었다. 다양한 논의 끝에 기존의 〈수목원법〉을 개정하여 국가정원·지방정원 제도를 도입하기로 한 것이다. 말하자면 무에서 유를 창조해낸 셈이다. 이처럼 순천만국가정원은 숱한 화젯거리를 제공하며 명예롭게도 우리나라 최초의 국가정원이 되었다. 어느덧 도시의 대표적인 브랜드로 자리매김하고 있을 뿐 아니라 지역에 활기를 불어넣는 새로운 성장 동력으로서 역할을 수행하고 있다.

순천만국가정원을 좀 더 자세히 이해하기 위해서는 박람회 개최 배경 관련 이야기를 빼놓을 수 없을 것 같다. 주인공은 바로 세계5대 연안습지의 보물이라고 할 수 있는 순천만 갈대숲과 주변의 갯벌, 그리고 흑두루미 등이다. 그리고 그것들을 보존하고 활용함에 있어 지혜를 모은 시민, 전문가, 공무원들의 땀과 열정은 두고두고 칭찬받아 마땅할 것이다.

무엇보다 순천만국가정원의 시작은 전신주에 걸린 흑두루미다. 그 흑두루미는 환경단체와 언론에 의해 알려졌고, 이윽고 282개의 전신주를 제거하게 되었다. 그것은 그 일대의 경작지에는 흑두루미의 안전한 먹이 확보를 위해 유해농약 사용을 중단하게 된 계기가 되었다. 또 순천만 갈대숲을 찾는 관광객들을 위해 조성된 음식점, 주차장 등 주변의 각종 편의시설을 과감하게 정비하는 용단을 내리는 등 순천시는 더욱 통 크게 발전시켜 나갔다. 아예 도시계획의 취지와 목표는 그곳을 보존하는 쪽에 초점이 맞추어졌고, 그에 걸맞은 신개념의 도시계획을 수립한 것이다. 가장 돋보이는 점은 공간계획을 도심지역, 전이지역, 완충지역, 보존지역 등으로 구분하여 적극적인 보존대책을 강구한 것이다. 말하자면 더 이상의 도시 확

세계적인 정원 디자이너 찰스 젱스(Charles Jencks)가 순천시의 지형과 순천만의 풍경에서 영감을 얻어 설계한 순천호수정원이다. 호수의 형상은 도심을, 물을 건너는 목교는 동천을, 중심부에 16미터 높이로 솟은 언덕은 봉화산을 상징한다.

장과 난개발을 막기 위해 바로 전이지역에 세계정원박람회를 기획한 것이다. 보존은 비경제적이고 개발에 반하는 정책이라는 기존의 사고를 바꾸는 계기가 되었다. 그래서 혹자들은 이것이야말로 창조경제라고 극찬을 아끼지 않았다. 순천만정원은 순천順天이라는 지명이 말해주듯 하늘의 뜻과 자연의 섭리에 순응하는 사람들이 일구어낸 멋진 걸작이 아닐 수 없다.

순천은 지금 한층 완성도 높은 생태도시로 발돋움하고 있는 중이다. 전국에서 유일하게 강 하구에 댐을 설치하지 않은 덕분이다. 그래서 세계에서 유일하게 도시→촌락→농경지→습지→바다로 이어지는 풍경이 원형에 가깝게 남아 있다. 인간과 자연의 공존 모델을 보여주며 미래의 도시개발 방향이 어떠해야 하는지를 분명하게 제시하고 있다.

흑두루미는 결코 은혜를 잊지 않았다. 생태정원도시라는 명품 브랜드 선물 보따리를 풀어놓기 시작했다. 시민에게는 쾌적한 삶터를 제공하면서 연간 700여만 명의 관광객(2019년)을 불러들여 사람들을 깜짝 놀라게 하고 있다. 이것이 바로 자연의 능력이고 정원이 가진 힘이라는 것을 말하고 있는 듯하다.

정원 속의 정원

순천만국가정원에는 다양한 주제의 정원이 있어 참으로 볼거리가 풍부하다. 이미 잘 알려진 천연 갈대숲을 비롯하여 순천을 상징하는 호수정원이 있고 국가별, 주제별 정원이 마치 수를 놓은 듯 정연하게 디자인되어 있다. 그 가운데 눈길을 끄는 정원이 있다. 자연을 쏙 빼닮은 정원이다. 바로 '갯지렁이 다니는 길'이라는 주제의 정원인데 화려한 꽃이나 세련된 디자인으로 시선을 사로잡지는 않지만, 마치 유년시절 걸었던 익숙한 들길이 연상되고 수수한 야생풀들이 친근감을 더해 준다. 내가 정원을 감상하는 것이 아니라 마치 정원이 나를 반기며 말을 거는 듯하다. 풀숲에서 풀벌레들이 금방이라도 뛰어나올 것 같다. 자연스럽게 고향 풍경을 떠올리게 한다. 마침내 자신을 돌아보게 하는 묘한 매력이 있는 정원이다. 이것이 작가의 의도인지는 확실히 알 수 없지만 어쩌면 자연스러움이 주는 자유와 평범함 속에 감춰진 소중한 것들에 대해 얘기하고 싶었는지 모르겠다. 만약 그렇다면 순천만정원이 추구하는 가치와 철학에 가장 잘 어울리는 정원 가운데 하나가 아닌가 싶다.

황지해 디자이너와 첼시 플라워쇼

이 정원을 디자인한 작가가 누구인지 몹시 궁금하다. 그녀는 2011년 '해우소: 근심을 털어버리는 곳', 2012년 '고요한 시간: DMZ 금지된 화원'으로 영국 첼시 플라워쇼에서 2년 연속

순천만국가정원에 조성된 황지해 작가의 '갯지렁이 다니는 길'(순천시 제공).

최고상을 거머쥔 황지해 작가다. 해우소는 생명의 순환과 환원, 그리고 비움이라는 철학적 메시지를 담고 있고, DMZ 금지된 화원은 DMZ만이 가지고 있는 생명의 순환과 자연의 재생력, 그리고 의도치 않은 자연의 아름다움이 상처와 아픔을 치유한다는 정원의 가장 본질적 메시지를 전하고 있다. 두 작품에서 보여준 자연의 힘을 보다 역동적으로 표현한 것이 바로 '갯지렁이 다니는 길'이다. 갯지렁이가 지하에 만든 길들

을 입체적으로 형상화하고, 길섶에 있는 쥐구멍 카페와 개미굴 휴게소는 마치 어린 시절 몰래 놀던 비밀 아지트처럼 흥미롭게 배치했다.

황 작가를 세상에 알린 첼시 플라워쇼는 190년 전통의 세계 최대의 정원 및 원예박람회로서 영국왕립원예협회Royal Horticultural Society가 주관하고 있다. 영국은 물론 세계 각지의 언론과 수많은 정원 관계자들이 지대한 관심을 보이고 있다. 매년 5월에 단 5일 동안만 개최하지만 150만 명 이상의 관람객이 다녀가는 메가 이벤트다. 매년 새로운 아이디어로 출품된 정원 디자인과 정원용품 등을 한곳에서 볼 수 있는 곳이다. 정원 디자이너라면 누구나 한 번쯤 출품하는 것이 꿈이라고 할 수 있는데, 2년 연속 최고상 수상은 이 지역 또 하나의 자랑거리가 아닌가 싶다.

◀ 첼시 플라워쇼 2011년 최고상 作 '해우소(상)', 2012년 최고상 作 'DMZ 금지된 화원(하)', 이를 기념하여 광주호수생태공원에 재현해 놓았다.

6

순천 선암사

선암사 앞의 계류에 걸쳐 있는 승선교와
다리 아치 뒤로 보이는 강선루가 어울려져 절경을 이루고 있다

●

꽃, 숲, 차 향기 유혹하고, 물, 바람, 새소리 정겹다

우리나라 사찰들이 대개 그렇듯 선암사仙巖寺도 입구에서 사찰 경내에 이르는 거리가 만만치 않다. 그렇다고 걷는 길이 지루하다는 뜻은 아니다. 길 옆을 흐르는 청아한 계곡물소리와 조계산의 울창한 숲 향기, 여기저기서 지저귀는 이름 모를 새소리 등이 지루할 틈을 주지 않는다. 오히려 이런 숲길이 있어 산책의 묘미를 더해 준다.

생생한 자연에 취해 한참을 걷다 보면 어디에서도 본 적이 없는 엄청난 보물을 만나게 된다. 계곡을 사이에 두고 걸려 있는 아치형 다리, 승선교昇仙橋를 두고 하는 말이다. 승선교를 보는 순간, 다리가 이처럼 아름다울 수 있다는 것에 감동하지 않을 수 없을 것이다. 승선교는 일정한 크기의 돌을 배열한 아치Arch형 디자인으로 무지개를 닮았다 하여 홍교虹橋 혹은 홍예교虹蜺橋라고 부른다.

승선교를 제대로 감상하고 싶다면 조심스럽게 다리 아래 계곡물 가까운 곳으로 내려가야 한다. 거기서 홍교를 올려다보는 순간 다시금 탄성을 지르지 않을 수 없게 된다. 홍교의 반원이 물에 반영하여 보름달 같은 원이 완성되고 그 원 안으로 계곡 옆에 서 있는 누정 강선루降仙樓가 한눈에 들어와 마침내 멋진 그림이 완성된다. 이것만 보아도 이미 선암사에 온 보람을 느낄 수 있다. 이어서 다리에서 조금 떨어져 다시 홍교를 올려보라. 이번엔 강선루가 마치 다리 위에 걸려 있는 것처럼 보인다. '신선이 내려오다'라는 의미를 지닌 강선루처럼 신선인들 이런 광경을 두고 어찌 참을 수 있었겠는가.

조금 더 사찰 쪽으로 오르다 보면 삼인당三印堂(기념물 제46호)이라 불리는 타원형 연못이 나온다. 연못이 있다는 것은 주위에 물이 있다는 것이고 물을 가두어두고 이용한다는 것은 물의 흐름을 중시하고 있다는 증거다. 커다란 알 모양의 연못은 그 안에 둥근 섬모양이 있는 독특한 양식으로 신라 경문왕景文王 2년(862)에 도선국사가 축조한 것으로 알려져 있다. 삼인이란 제행무상인諸行無常印 제법무아인諸法無我印 열반적정인涅槃寂靜印의 삼법인을 뜻하는 것으로 불교의 중심사상을 표현한 것이다.

삼인당은 길이와 너비가 2.2:1의 비례를 갖고 있으며, 연못 안에 길이 11미터, 너비 7미터의 둥근 섬이 있다. 그 형태는

선암사 입구에 타원형으로 조성된 '삼인당'이라 불리는 연못(선암사 제공).

조선시대의 전통적인 정원에서 볼 수 있는 방지원도方池圓島* 연
못양식과는 다소 차이를 보인다. 우리나라에서 이러한 독특
한 이름과 모양을 가진 연못은 오로지 선암사에서만 볼 수 있
다. 9월에 노랑어리연과 꽃무릇이 꽃망울을 터트리기 시작하

* 전체적으로 사각형에 둥근 섬을 배치하여 조성한 조선시대의 전형적인 연못을 가리키는
데, 동양의 우주관이나 자연관을 나타내며 음양사상과도 연결된다. 하늘은 둥글고 땅은
네모진 것을 의미한다.

면 마치 곱게 수놓은 한 폭의 자수를 보는 듯 아름답다.

　선암사는 한마디로 지붕 없는 박물관이자 보물창고다. 국가지정문화재가 무려 16개로 대부분이 보물로 지정되어 있다. 삼층석탑(보물 제395호), 승선교(보물 제400호), 삼층석탑 내 발견 유물(보물 제955호), 대각국사의 천진영(보물 제1044호), 대각암 부도(보물 제1117호), 북부도(보물 제1184호), 동부도(보물 제1185호), 대웅전(보물 제1311호), 석가모니 불괘불탱 및 부속 유물 일괄(보물 제1419호), 선각국사도선진영(보물 제1506호), 서부도암감로왕도(보물 제1553호), 33조사도(보물 제1554호), 선암매(천연기념물 제488호), 동종(1657년 제작)(보물 제1558호), 동종(1700년 제작)(보물 제1561호), 선암사 소장 가사 · 탁의(중요민속자료 제244호) 등이 있다. 어디 그뿐인가 지방문화재도 즐비하다. 금동향로(지방유형 제20호), 전도선국사직인통(지방유형 제21호), 팔상전(지방유형 제60호), 중수비(지방유형 제92호), 일주문(지방유형 제96호), 원통전(지방유형 제169호), 금동관음보살좌상(지방유형 제262호), 삼인당(지방기념물 제46호), 불조전(유형문화재 제295호), 마애여래입상(지방문화재자료 제157호), 각황전(지방문화재자료 제177호), 측간(지방문화재자료 제214호) 등이 있다.

　절 입구에 다다르면 속세와 불계의 영역을 구분하는 일주문

승선교 옆에 세워진 '신선이 내려온 곳'이라는 의미를 지닌 강선루 풍경.

이 보인다. 이 일주문은 임진왜란과 병자호란의 피해를 입지 않은 유일한 건조물로 조선시대 일주문 양식을 잘 보여주고 있다. 일주문은 아홉 개의 돌계단을 앞에 두고 있으며 지붕 옆면이 사람 인ᄉ자 모양인 맞배지붕으로 여느 사찰과 다른 독특한 형식을 보여주고 있다. 이곳을 통과하면 대웅전이 보이는데 단청이 화려하지 않아 단아한 느낌을 준다. 대신 안쪽 공포 구조*에는 연꽃 봉우리 장식을 하고 있어 조선 후기의 정교하고 세련된 장식수법이 유감없이 발휘되고 있다. 또 대웅전 바로 앞에 있는 쌍삼층석탑은 통일신라 때 세워진 것으로 좌우로 삼층석탑 2기가 위치해 있다. 높이는 4.7미터이며, 몸돌받침이 호형과 각형으로 독특하게 조각되어 있다. 이외에도 마치 여느 시가지를 걷고 있는 듯한 착각에 빠질 정도로 다양한 건축물과 조형물을 감상할 수 있다.

이제 정원에 식재된 다양한 정원수를 본격적으로 감상할 차례다. 아마 우리나라 사찰 중 가장 많은 종류의 수종이 식재되어 있는 사찰이 아닌가 생각된다. 그야말로 정원을 중시한 사찰이다. 먼저 사찰 좌측에 마치 용오름을 하고 있는 듯 절묘하게 누워 있는 소나무가 있다. 바로 와송이다. 600년 세월을 견디기 버거워서일까 아니면 산전수전 다 겪은 나머지 겸손해진 탓일까 아주 낮은 자세로 지면에 가지를 늘어뜨린 채 잔뜩 웅크리고 있다. 선암사에 있는 또 하나의 명물은 매화나무다. 일명 선암매仙巖梅라고 부른다. 원통전 담장 옆에 자라고 있는 토종 매화나무로 이 나무 역시 600살이 넘었다. 나무 키는 8미터, 뿌리둘레가 1.2미터, 수관은 13미터로 생육상태가 좋고 골고루 퍼진 가지들에서 피는 유난히 짙은 핑크색 꽃과 매혹

---

* 우리나라를 비롯한 일본, 중국 등의 전통 목조건축에서 처마의 무게를 받치기 위해 기둥 머리에 짜맞추어 댄 부재로서 대개 궁궐, 사찰 등에서 볼 수 있다.

적인 향기로 유명하다. 선암사에서는 돌 하나, 나무 하나, 물
줄기 하나까지도 다 신비스럽기만 하다. 지은 지 300년이 넘
었는데도 여전히 사용하고 있는 재래식 화장실도 문화재로 지
정되었으니 더 이상 말문이 막힌다. 이 측간은 정호승의 〈선
암사〉*라는 시에도 등장한다.

눈물이 나면 기차를 타고 선암사로 가라
선암사 해우소로 가서 실컷 울어라
해우소에 쭈그리고 앉아 울고 있으면
죽은 소나무 뿌리가 기어 다니고
목어가 푸른 하늘을 날아다닌다
풀잎들이 손수건을 꺼내 눈물을 닦아주고
새들이 가슴속으로 날아와 종소리를 울린다
눈물이 나면 걸어서라도 선암사로 가라
선암사 해우소 앞 등 굽은 소나무에 기대어 통곡하라

선암사에서는 사람들이나 세상에 대한 경계심, 그리고 욕
심이나 근심 따위는 잠시나마 내려놓게 된다. 꽃, 숲, 차 향기

* 정호승 저, 《눈물이 나면 기차를 타라》, 〈선암사〉, p.47, 1999, 창비.

봄이 되면 제일 먼저 선암사에 봄 소식을 알리는 선암매

에 흠뻑 취하게 되고, 물, 바람, 새소리, 그리고 오래된 풍경이
서로를 포용하며 일궈낸 조화로운 아름다움 덕분이 아닐까.

태고의 정취를 간직한 천년고찰, 세계문화유산이 되다

태고의 정취와 천년고찰의 아름다운 풍광을 담고 있는 선
암사는 전라남도 순천시의 조계산에 위치한 사찰이다. 〈선암
사사적기仙巖寺事蹟記〉에 따르면 542년(진흥왕 3) 아도阿道가 비로
암毘盧庵으로 창건하였다고도 하고, 875년(헌강왕 5) 도선국사道
詵國師가 창건하고 신선이 내린 바위라 하여 선암사라고도 한
다. 고려 선종 때 대각국사 의천義天이 중건하였는데, 임진왜란
이후 거의 폐사로 방치된 것을 1660년(현종1)에 중창하였고,
영조 때 화재로 폐사된 것을 1824년(순조24) 해붕海鵬이 다시
중창하였다. 한국전쟁으로 소실되어 지금은 20여 동의 당우堂
宇만이 남아 있지만 그전에는 불각佛閣 9동, 요사寮 25동, 누문樓門
31동으로 모두 65동의 대가람이었다. 특히 이 절은 선종禪宗·
교종敎宗 양 파의 대표적 가람으로 조계산을 사이에 두고 송광
사松廣寺와 쌍벽을 이루었던 수련도량으로도 유명하다. 900여
년 전 대각국사 의천이 중국천태의 교법을 전수받아 천태종을

개창하였고, 임제선풍의 승풍을 지켜온 청정도량이자 천년고
찰로써 태고종의 본산이기도 하다. 우리나라 사찰 중 문화재
가 가장 많은 사찰이며 천년고찰의 분위기를 고스란히 유지하
고 있는 흔하지 않은 사찰이다. 중요문화재로는 삼층석탑과
승선교, 대각국사 천진영, 대각암 부도, 북부도 등이 있다. 그
리고 선암사 일원은 사적 제507호로 지정되어 있다.*

　선암사 일원은 생태자연경관 및 역사문화자원이라는 측면
에서 길이길이 보존해야 할 귀한 보배다. 국가브랜드위원회
는 우리나라의 사찰 1000여 개를 대상으로 현지 실사를 거쳐
2012년 6월 순천 선암사를 비롯한 보은 법주사, 공주 마곡사,
해남 대흥사, 안동 봉정사, 영주 부석사, 양산 통도사 등 사찰
일곱 곳을 '한국 전통산사'로 지정한 바 있다. 이후 문화재청
은 유네스코 세계유산위원회에 신청했고 유네스코 세계유산
등재를 결정하는 세계유산위원회WHC는 2018년 6월 30일 바레
인 수도 마나마Manama에서 열린 제42차 회의에서 한국이 신청
한 산사를 세계유산 중 문화유산Cultural Heritage으로 등재했다. 이
제 이곳의 가치를 세계인들과 더불어 공유하게 되었다.

* 이계표 외 공저, 《선암사》, 2013, 대원사.

7

순천 송광사

조계산에서 흘러내리는 맑은 계곡물 위로
우화각과 홍교(능허교)가 투영되어 한 폭의 수묵화처럼 아름답다.

자연 · 인간 친화적 공간 디자인의 진수, 송광사

순천 조계산 자락에는 두 개의 아름다운 사찰이 자리 잡고 있다. 하나는 선암사, 또 하나는 송광사다. 조계산은 보기 드물게 울창한 숲으로 형성되어 있어 계절에 따라 색다른 아름다움을 제공할 뿐만 아니라 계곡이 잘 발달되어 있어 일 년 내내 맑은 물소리를 들을 수 있는 곳이다. 송광사는 선암사 반대편 조계산 계곡을 낀 아늑한 곳에 위치해 있다.

송광松廣이라는 이름에는 몇 가지 전해져오는 이야기가 있다. 첫 번째는 열여덟 명의 큰 스님들이 나신다는 전설이다. 요컨대 송松은 십十과 팔八로 이뤄진 목木, 그리고 공厶이 합쳐져 열여덟 명의 큰스님을 뜻한다고 한다. 광廣은 널리 불법佛法을 펼칠 사찰이라는 의미를 담고 있다. 두 번째는 보조국사 지눌知訥, 1158-1210과 연관된 전설이다. 어느 날 스님께서 정혜결사定慧結社를 수행하기 위해 터를 잡을 때 화순 모후산母后山(919미터)에서 나무로 깎은 솔개를 날렸더니 지금의 국사전國師殿 뒷

등에 떨어져 앉더라는 것이다. 그래서 그 뒷등의 이름을 치락대鴟落臺(솔개가 내려앉은 곳)라 불렀다고 한다. 이 전설을 토대로 육당 최남선은 송광의 뜻을 솔갱이(솔개의 방언)라 하여 송광사를 솔갱이 절로 해석했다고 한다. 세 번째로 일찍이 조계산에 소나무(솔갱이)가 많아 '솔뫼'라고 불렀고 그에 따라 소나무가 두루 자라는 산이라 송광산이 되었으며 절 이름도 자연스럽게 송광사가 되었다는 이야기다. 송광사 주지를 역임하셨고 〈송광사지松廣寺誌〉를 쓴 기산 임석진綺山 林錫珍 스님에 의하면 세 번째 이야기가 가장 현실적이고 설득력이 있다고 말한 것으로 알려져 있다.

기록에 의하면 송광사는 신라 말 혜린대사慧璘大師에 의해 창건되었다. 창건 당시의 이름은 송광산 길상사吉祥寺였으며 고려 희종 원년(1204)에 수선사修禪社로 개칭되었다. 당시 100여 칸쯤 되는 규모로 30, 40여 명의 스님들이 지낼 수 있을 정도였다고 한다. 이후 보조국사 지눌에 의해 사찰의 면모를 일신하였는데 무려 9년 동안(명종 27년-희종 원년, 1197-1205)에 걸쳐 정혜결사 운동*에 동참한 대중들을 지도하여 한국 불교의

---

* 고려시대 보조국사 지눌이 주창한 선불교 부흥을 위한 결사운동으로서 불교 수행의 핵심인 정定과 혜慧를 함께 수행해야 한다는 정혜쌍수론을 바탕으로 세속화를 지양하고 산림에서 선禪 수행에 전념하자는 운동이다.

청아한 물소리를 들을 수 있는 계곡의 바위 위에 건립된 중층 누각으로서 승려들이 목련극目蓮劇과 팔상극八相劇을 연습했던 장소다.

새로운 전통을 확립하였다고 한다. 이때 송광산도 조계산으로 바뀌고 절 이름도 송광사로 바뀌게 되었다. 이후 정유재란, 대형 화재, 여순사건(여수·순천 10·19사건) 등으로 훼손되거나 소실되었다가 여덟 차례에 걸쳐 중창되었다. 1969년 조계총림이 발족하면서 초대 방장을 지낸 구산九山 스님이 승보사찰僧寶寺刹의 위용으로 가꾸고자 계획한다. 이에 현호 스님은 그 취지를 받들어 1983년부터 8여 년에 걸쳐 대웅전을 비롯한 30여 동의 전각과 건물을 중수하여 오늘날의 모습을 갖추게 되었다.*

송광사는 서향으로 입지해 있는 것이나 남북으로 길게 위치한 것 등으로 볼 때 한국의 전형적인 사찰 입지와는 다른 면모를 보여주고 있다. 송광사 주위의 자연조건과 절 앞을 흐르는 계곡을 미루어 짐작해 볼 때 물水이 사찰 입지에 크게 영향을 미친 것으로 짐작된다. 현재 송광사의 건물 배치는 유난히 큰 대웅전 앞의 넓은 마당을 중심으로 다양한 용도의 건물들이 산재해 있어 일견 산만하게 느껴질 만도 한데 외려 작은 성곽도시에 들어와 있는 느낌마저 들게 한다. 송광사는 어느 사찰보다도 중심지향적이다. 여러 겹의 동심원적 구성을 진입축이 가로지르며 중심부에 이르게 하는 구성이다. 중심부에서 사방 어느 쪽으로 이동하든 다양한 건축물에 의해 형성된 골목길 같은 위요감을 체험할 수 있는데 사람을 배려한 공간척도Human Scale가 적용되고 있음을 느낀다. 반면 계곡, 담장과 화계花階 등을 통해 형성된 공간 구분과 위계hierarchy가 잘 드러나 있어 공간용도에 따른 영역특성을 확연히 느낄 수 있다. 송광사를 구석구석 거닐다 보면 건물, 담장, 다리, 계단, 나무, 꽃

* 강건기 외 공저, 《송광사》, pp.48-51, 대원사.

하나하나가 그 장소에 너무 잘 어울린다는 생각이 들어 더 이
상 자연 친화적이고 인간을 배려한 사찰이 또 어디 있을까라
는 생각이 절로 든다.

흥미진진한 건축박람회장

송광사는 고려시대나 조선시대와는 건물 배치가 다소 차이
는 있지만 50여 동의 많은 건축물들이 사찰 경내를 가득 메우
고 있는 점은 별반 다르지 않다. 이들 건축물은 대개 조선시대
중기와 후기에 지어진 것들이다. 진입부에서 사찰을 향해 걸
어가다 보면 제일 먼저 눈에 들어오는 것이 청량각淸凉閣이다.
걸어가다 옆에서 보면 평범한 건물같이 보이지만 개울 쪽으로
발길을 돌려 다시 바라보면 정교한 석조의 홍교 위에 지어진
누정이 아름다운 자태를 드러낸다.

청량각 다리를 건너면서 위를 쳐다보면 상량보 위에 턱을
괴고 있는 용머리도 제법 흥미롭다. 청량각을 지나 계류를 따
라 진입하다 보면 송광사 입구라고 할 수 있는 일주문 앞에 다
다르게 되는데 일주문 전면에는 송광사 역대 고승과 공덕주功
德主들을 기리는 비석의 숲, 요컨대 비림碑林이 있다. 전후 4출

송광사 조입부에서 만나는 청량각에서 잠시 한숨 돌린다

목의 9포작 다포多包로 구성되어 있는 일주문은 조선 후기 건축으로 편액 형식이 여느 사찰과는 다르다. 특히 창방昌枋과 평방平枋의 중앙에 세로로 '조계산曹溪山', '대승선종大乘禪宗', '송광사松廣寺'라고 쓰여 있어 송광사가 수선修禪을 중시하고 있음을 말해 주고 있다. 또 일반 사찰에서는 흔히 볼 수 없는 건물이 눈에 들어온다. 척주각滌珠閣과 세월각洗月閣이다. 이 두 건물은 보통의 전각에 비하여 아주 작은 단칸 건물로 일주문 안쪽으로 서로를 의식한 듯 몸체를 약간 비틀어 나란히 서 있다. 이들 건물은 사자死者의 위패를 모시고 그 혼을 실은 가마인 영가靈駕의 관욕처灌浴處로 사용되는 특이한 전각이다. 요컨대 영가가 사찰에 들어가기 위해서 남자의 영가는 천주각에서 여자의 영가는 세월각에서 각각 속세의 때를 벗기 위해 목욕을 해야 하는 것으로 여겼었다. 이 두 건물은 종교적으로나 건축적인 면에서 매우 특이한 건물로 유심히 보면 마치 연인이나 부부가 이별을 아쉬워하며 손을 맞잡고 있는 것 같은 애틋함이 느껴지기도 한다.

다음으로 송광사의 진수를 볼 차례다. 좌측으로 몸을 돌리면 송광사에서 가장 아름다운 우화각羽化閣과 계류 풍경이다. 계곡의 맑은 물 위로 우화각과 홍교가 거꾸로 비치는 모습은 어쩌면 속세와 인연을 끊고 불국佛國으로 향하는 선승禪僧의 마

송광사 대웅전으로 들어가는 입구에 위치한
우화각, 능허교가 계류와 더불어 멋진 풍경을 연출하고 있다.

음을 상징하고 있는지도 모르겠다. 이 다리는 일명 능허교凌
虛橋라고 부른다. 이곳을 찾은 시인과 묵객들의 한시漢詩가 다
수 걸려 있어 이곳이 얼마나 많은 사람들에게 감동과 영감을
주었는지 짐작해 볼 수 있다. 우화각을 지나면 곧바로 사천왕
상이 있는 천왕문으로 들어서게 된다. 초창初創은 광해군 원년
(1609)이라고 하며 숙종 44년(1718)에 중수하고 채색했으며 내
부의 천왕상은 순조 6년(1806)에 다시 채색했다고 한다. 천왕

문을 지나 대웅전 쪽으로 들어서기 위해서는 종고루鐘鼓樓 아래로 지나야 한다. 해탈문이 있던 위치에 누각 형식으로 지어진 종고루 2층에는 범종梵鐘, 운판雲版, 목어木魚, 홍고弘鼓 등 일명 불전사물佛前四物이 비치되어 있다.

또 송광사에서 빼놓을 수 없는 건물로 하사당과 국사전을 들 수 있다. 국사전과 하사당은 조선 초기의 건물로 국보 제56호와 보물 제263호로, 약사전과 영산전이 보물 제302호와 제303호로 각각 지정되어 있다. 특히 하사당은 삼일암과 더불어 참선하는 방으로 활용되기도 하였으나 조선 말기에는 수선사 선객들의 공양처로 사용되기도 하였다. 하사당下舍堂은 우리나라에서 가장 오래된 요사채, 요컨대 승려들이 거처하는 생활공간이다. 하사당은 이웃한 삼일암이 팔작지붕인 것에 비하여 맞배지붕 형식을 띠고 있어 번갈아 비교해 보는 재미가 있다. 게다가 부엌의 상부 지붕을 구멍 내어 솟을지붕 형식으로 환기공을 장치한 것도 특이하다. 또 국사전은 송광사의 상징물 가운데 하나로 송광사 16국사國師의 영정을 봉안한 곳으로 석조기단과 주변 석조담장들이 잘 어우러진 매우 아름다운 곳이다.

그리고 국사전 옆에 있는 진영당은 조선시대 대승이었던 풍암 스님의 문하승들의 영정을 봉안하고 있는 전각으로 그 기능은 국사전과 다르지 않다. 전각의 편액을 풍암영각風巖影閣이라 하였는데, 이는 당시 송광사 승려들은 거의 풍암 스님의 법손이기 때문이라고 한다. 송광사의 건물과 장식 디자인, 그리고 편액들은 느리고 섬세하게 보아야 묘미가 있다. 목조건물 디자인의 진수를 체험할 수 있는데, 풍화의 차이로 인해 미묘한 색조가 그라데이션을 이루며 또 하나의 볼거리를 제공하고 있다. 오늘날 건물과 장식, 그리고 건물에 내걸고 있는 간판, 공간 배치 등 우리가 배워야 할 도시 디자인의 원형이 바로 여기에 있다고 해도 과언은 아닐 것 같다.

8

순천 낙안읍성

옛 모습을 그대로 간직하고 있는 낙안읍성 내의 풍경,
108세대가 실제 거주하며 풍경지키미 역할을 제대로 하고 있다.

소중한 전통자원이자 지향해야 할 삶터의 원형

낙안읍성은 현재까지 완전히 보존된 조선시대 읍성마을 가운데 하나이며, 백제 때에는 파지성波知城이라 불렀고, 고려 태조 23년(940)부터 낙안樂安이라 부르기 시작했다. 조선 태조 6년(1397)에 왜구가 침입하자 이 고장 출신 양혜공 김빈길襄惠公金贇吉 장군이 의병을 일으켜 토성을 쌓아 방어에 나섰고 1424년 석성으로 개축하여 1450년경 완성하였다. 그 후 인조 4년(1626) 충민공 임경업 장군이 낙안군수로 부임한 후 개축하여 오늘에 이르고 있다. 1983년 낙안읍성 옛터가 사적 제302호로 지정, 2011년 세계문화유산 잠정목록에 등재되었다. 임경업 장군을 기리며 세운 선정비와 충민사, 대성전, 명륜사 등 향교 건물이 남아 있고, 그밖에 1984년에 복원된 낙민루樂民樓 정자와 1407미터의 성곽 등이 보존되어 있다. 1450년 무렵 완성 당시에는 성곽이 둘레 5157미터, 높이 17.1미터였고, 동·남·서문 3개, 적대敵臺 4개가 세워졌으며, 우물과 연못을 각각 2곳

씩 만들었다. 현재 성벽과 동·서·남의 문지門址 및 옹성甕城
등의 흔적이 일부 남아 있는데, 아래쪽부터 큰 돌을 쌓아올리
면서 틈마다 작은 돌을 끼워 넣어 위쪽으로 갈수록 석재가 작
아지는 조선 초기 축성기법을 잘 보여주고 있다.

성城 안의 가옥은 대개 토벽으로 되어 있는데 안채, 행랑채
등과 마당, 텃밭, 우물 등을 두루 갖추고 있어 전통적인 옛 모
습을 만끽할 수 있다. 특별히 드론을 띄우지 않아도, 높은 전
망대에 오르지 않아도 마을 전체를 한눈에 볼 수 있는 곳이다.
그것도 한곳에서만이 아니라 성곽을 순회하면서 마을 전체를
유유히 조망할 수 있다. 마을 둘레를 성으로 쌓았기 때문에 가
능한 일이다. 대부분의 성곽은 적의 접근을 차단하기 위해 높
은 산을 의지하여 조성하는 산성이 대부분이지만 낙안읍성은
평지에 성을 쌓다 보니 높은 담장이 주요 방어수단이 될 수밖
에 없었다. 마을 전체를 보호하기 위해 축조된 낙안읍성은 그
래서 효율적인 공간구성과 역할분담이 요구되었을 것이다. 우
리 전통마을의 원형을 한눈에 내려다 볼 수 있어 좋은 점은 말
할 것도 없고 마치 영화 세트장처럼 마을 전체가 일체감을 형
성하고 있어 경관자원으로서의 가치도 높게 평가받고 있다.

마을 안의 풍경이 너무 평화로워서 그런지 성벽이 자연경
관을 압도하거나 마을 풍경과의 조화를 해치지도 않는다. 마

낙안읍성 서문 쪽에서 조망되는 성 내부 풍경.

치 평범한 마을의 담장처럼 둘러진 성벽 위를 산책로처럼 걸
으며 시점을 바꿀 때마다 새로운 풍경을 감상할 수 있어 더없
이 흥미롭다. 뿐만 아니라 중간에 마을로 내려가서 마을 골목
길 구석구석을 구경할 수 있다. 전국에 전통마을이 몇 군데 있
지만 초가집으로 완전체를 구성하고 있는 가운데 실제로 생
활하는 마을은 우리나라에서 낙안읍성이 유일하다. 정감 넘
치는 초가지붕은 1970년대 새마을운동 등으로 우리 주변에서

자취를 감춰버렸는데 그나마 낙안읍성에는 중요민속자료 9동 등 312동의 초가지붕 가옥, 돌담장, 전통대문, 전통마당 및 텃밭, 굴뚝, 절구통 등 잊혀가는 전통적인 생활 풍경을 직접 보고 체험할 수 있다.

성벽 위에서 내려다보이는 낙안마을은 마을 전체가 하나의 전통정원Historical Garden이자 생활정원Community Garden이다. 가옥, 담장, 대문, 연못, 개울, 텃밭, 그리고 온갖 유실수와 느티나무, 팽나무, 서어나무, 은행나무 등 노거수들은 요소요소에서 듬직하게 서 있으며 마을의 랜드마크 기능을 하고 있다. 뿐만 아니라 자칫 경직될 수 있는 성벽의 인공성을 완화시키고 주변 자연과 조화를 이루며 정원수庭園樹 역할을 톡톡히 수행하고 있다. 요즘 도시에서는 고층 아파트 건설로 인해 공동체 문화를 이어주던 아기자기한 골목길이 사라지고 있다. 하지만 여기서는 골목길을 걸으며 나지막한 울타리나 담장 너머로 열어젖힌 사립문 틈새로 같은 듯 다른 가가호호의 마을 풍경을 실컷 감상할 수 있다. 아담한 돌담에 엉클어진 호박넝쿨, 담쟁이넝쿨, 그리고 살짝 고개 내민 석류나무, 대추나무와 목련나무를 타고 오르는 하늘수박도 마을 풍경을 한층 정겹게 한다. 이런 풍경을 물끄러미 보고 있노라면 마치 타임머신을 타고 과거로 돌아가 멋스런 옛날과 운 좋게 조우하고 있는 느낌이 든다.

전통가옥을 유심히 들여다보면 오래된 생활 도구마저도 찾는 이들의 마음을 치유해 준다.

성벽의 기능은 적의 위험으로부터 방어하기 위한 목적으로
축조된 것이지만 세월이 흐른 지금 낙안읍성은 그야말로 평화
롭기 그지없는 풍경이고 이곳을 찾는 사람들에게는 복잡한 현
실을 잠시 잊게 해 주는 고마운 존재다. 이보다 더 좋은 휴식
과 치유공간이 어디 또 있을까 싶을 정도다. 낙안읍성은 마을
전체가 하나의 공동체 정원이다. 그래서 가옥도, 돌담도, 개울
도, 연못도, 나무도 모두 아름다운 정원을 위한 훌륭한 소품이

된다. 각자의 맡은 바 소임을 다할 때 비로소 아름다운 공동체가 되는 것처럼 정원이나 풍경도 마찬가지다. '낙안'이라는 마을이름이 말해 주듯 당시 삶이 낙원처럼 늘 편안하고 즐겁기를 기원하는 마음이 있었을 것이다. 현재 우리들이 살고 있는 도시의 정주공간은 온갖 욕심과 교만으로 치장되어 있어 물질만능의 상징이 되고 있다는 느낌을 지울 수 없다. 그런 면에서 낙안읍성은 우리 선조들의 손때 묻은 과거의 삶터이면서도 우리가 지향해야 할 미래의 삶터이기도 하다.

사람을 구하고 풍경을 지키는 은행나무

낙안읍성에는 팽나무, 푸조나무, 개서어나무, 느티나무 등 수백 년 된 수령의 노거수들이 자라고 있어 이곳이 역사가 있는 장소라는 것을 실감나게 한다. 그 가운데 특히 주목받고 있는 노거수가 있는데 객사 한편에 지방 천연기념물 133호로 지정된 은행나무다. 기록에는 1626년 임경업 장군이 읍성을 중수한 이후 식재한 것으로 전해지고 있지만 수령에 비해 늠름하게 서 있어 당시 나무인지 혹은 후계목子孫인지 정확히 알 수는 없다. 낙안읍성은 전체적인 모양이 배를 닮았다고 하는데 풍수지리에 따라 마을에 샘도 깊이 파지 않았다고 한다. 그 이유는 배에 구멍이 뚫리면 배가 침몰한다고 생각했기 때문이다. 낙안읍성을 배로 생각할 때 은행나무는 돛대에 해당된다고 생각하여 아주 중요한 나무로 여겨졌다고 한다.

한편 그에 얽힌 또 다른 이야기가 자못 흥미롭다. 임진왜란 때 이순신 장군이 전라좌수사로 있을 때의 일이다. 장군이 부임한 이듬해 임진왜란이 일어났는데 병사가 턱없이 부족하였다. 그래서 고민 끝에 전라좌수영 관내에서 의병을 모집하기로 하였다. 그러던 중 마침 낙안에 자원자들이 많다는 이야기를 듣고 장군이 직접 낙안으로 갔다. 사람이 많이 살고 있는 고을이고 예로부터 우국지사가 많은 곳이라 그런지 의병을 자청하는 사람들이 구름처럼 몰려들었다. 더구나 의병으로 나설 수 없는 주민들은 대신 군량미를 내놓기도 하고 무기를 만들라고 농기구를 내놓기도 하는 등 일조하였다. 소기의 목적을 달성하고 좌수영으로 돌아가기 위해 읍성 안에 있는 은행나무 옆을 지나던 차였다. "장군님! 마차 바퀴가 빠져 잠시 쉬어가야겠습니다." 뒤따르던 부장이 달려와 보고를 하였다. "그렇다면 마차를 수리하는 동안 잠시 쉬었다 가도록 하자." 마차를 수리하는 도중에도 낙안읍성 주민들은 장군을 보기 위해 몰려들었다. 의병을 모집하느라 몇날며칠을 잠도 제

이름이 주는 느낌 때문일까, 노거수와 어우러진 낙안루의 모습이 평화롭게 느껴진다.

대로 자지 못하였으면서도 장군은 피곤한 기색 하나 없이 주
민들과 일일이 정담을 나누었다고 한다. 마침 마차를 다 고쳤
다고 보고받은 장군 일행은 서둘러 가려던 길을 재촉하였다.
그런데 이번에는 낙안에서 순천으로 향하는 길목에 있던 커다
란 다리 하나가 무너져 있는 것이 아닌가. 근처에 있던 주민
에게 물어보니 얼마 전에 갑자기 굉음이 일더니 다리가 무너
져 내리더라는 것이다. 시각을 따져보던 장군과 일행들은 순

객사 담장 너머로 초록빛 봄 향기가 새어나오고 있다.

간 아찔한 생각이 들었다. 조금 전에 만약 마차가 고장 나지 않았더라면 군량미는 물론 장군이나 병사들의 생명조차 위험할 뻔했던 것이다. 이를 두고 모두들 낙안읍성의 은행나무 목신木神이 장군을 위해 조화를 부린 것이라고 해석하며 은행나무에게 공을 돌렸다고 한다.

　사실 코웃음 칠 수도 있는 이야기이지만 우리 선조들은 자연이나 나무 한 그루도 함부로 대하거나 허투로 여기지 않았음을 잘 말해 주는 대목이다. 마을의 나무는 한 그루 한 그루 사연 없는 나무가 없다. 우리 전통 가옥에서는 농업이나 대소사 이벤트를 위해 마당을 비워두는 것이 보통이었지만 그래도 집주인의 취향에 따라 집집마다 특징 있는 나무 몇 그루쯤 있었다. 그래서 댁호 대신 감나무집, 석류나무집, 은행나무집 등으로 부르기도 했다. 옛날 우리 선조들은 나무를 비롯한 자연과 일체화된 삶을 추구하며 살아왔다. 지금 낙안읍성의 풍경은 그런 선조들의 삶을 함축적으로 잘 보여주고 있다.

9

광주 양림마을

담장도 지붕도 나무들도 정겨운 양림마을 골목길 풍경.

한희원미술관 →

골목길에 사람 사는 이야기가 피어나다

"오매, 광주에 이런 곳이 있었어?" 누가 들어도 외지인의 입에서 나온 말투가 아님을 알 수 있다. 광주에 살면서도 양림마을이 이런 곳인 줄 미처 몰랐다는 현지인의 말이다. 상기된 표정인 것으로 보아 다소 쑥스러워하면서도 자랑스러워하는 듯한 속내가 엿보인다. 광주 인근에 사는 사람들이라면 양림동에 가면 기독교 관련 역사와 선교사들의 유적을 여기저기서 만날 수 있다는 것쯤은 어느 정도 알고 있다. 미국 선교사들이 기독교 복음을 전하기 위해 이곳에 처음 들어와 정착하게 되었고, 이후 교회, 학교, 병원을 세우는 등 지역사회에 적지 않은 영향을 끼쳤기 때문이다.

대표적으로 1905년에 미국 남장로교 선교회에서 파송한 조셉 놀란Joseph W. Nolan에 의해 제중원濟衆院이라는 이름으로 개원하였던 광주기독병원, 미국 남장로교 배유지Dr. Eugene Bell 선교사가 설립한 양림교회(1904년)와 수피아여자고등학교(1908년),

그리고 1955년 미국남장로교선교회가 설립한 호남신학대학교(당시 호남성경원) 등을 들 수 있다. 그 뿐만 아니라 그들이 남긴 흔적들도 여기저기 남아 있다. 광주에서 현존하는 가장 오래된 서양식 건물인 우월순R. M. wilson, 1908-26 선교사 주택, 양림동산 기슭에 고즈넉하게 자리 잡은 원요한John Thomas Underwood 선교사 사택, 붉은 벽돌 2층 건물을 타고 오르는 담쟁이넝쿨이 아름다운 유수만Dr. H. Nieusma, Jr. 선교사 사택, 1980년 5월 신군부의 헬기 기총소사를 증언한 피터슨Eugene H. Peterson 목사 사택, 광주기독교병원 원목과 호남신학대 교수를 역임한 허철선Charls Betts Huntley, 1936-2017 선교사 사택, 낯선 이국땅에서 헌신과 나눔을 실천한 이들이 잠든 선교사 묘역이 있다. 또 1899년 전남 최초의 서양의료기관인 목포진료소를 세운 뒤 양림동에서 복음을 전했던 의료선교사 오기원C. C. Owen, 1867-1909의 업적을 기리는 오웬기념각이 있다. 이곳은 광주 3 · 1만세운동 주역들이 광주기독교청년회YMCA를 조직한 장소로도 유명하다. 또 농업전문가이자 선교사로 사재까지 털어 농촌운동에 헌신했던 고든 어비슨Gorden Avison을 기리는 고든어비슨기념관이 있고, '성공이 아니라 섬김Not Success, But Service'이라는 정신으로 몸소 실천했던 배유지 선교사의 헌신의 역사를 한눈에 볼 수 있는 유진벨선교기념관 등이 있다.

양림동산에 조성된 선교사 공원묘지.

최근 양림동을 찾는 사람들이 놀라워하는 일은 기존에 알고 있는 것이 전부가 아니라는 사실을 알게 되었기 때문이다. 요즘 양림동 거리는 주민들보다 방문객들이 훨씬 많을 정도로 시쳇말로 핫한 곳이다. 거기에 불을 지핀 것은 아무래도 펭귄마을이 아닌가 싶다. 양림동을 먼저 방문한 사람들의 입소문과 각종 메신저의 힘이 크게 기여한 측면도 없지는 않다. '양림마을이면 양림마을이지 펭귄마을은 또 뭐지?'라고 생각할 것이다. 말하자면 펭귄마을은 양림마을 안의 또 하나의 마을인 셈이다. 2013년 주민들이 화재가 발생하여 방치된 쓰레기를 치우면서 7080시대의 생활용품을 하나, 둘 마을 담벼락에 장식하게 되면서 이것이 계기가 되어 지금의 흥미로운 예술마을 풍경을 연출하게 된 것이다. 펭귄마을이라는 이름은 몸이 불편한 동네 어르신들의 뒤뚱뒤뚱 걷는 모습이 마치 펭귄과 흡사하다고 하여 우스갯소리로 붙여진 이름이라고 한다.

　양림동은 흔히 하는 말로 한 번도 안 가 본 사람은 있어도 한 번만 가 본 사람은 많지 않다고 한다. 왜냐하면 한 번 다녀간 사람이라면 그 매력에 빠져 반드시 다시 찾을 수밖에 없다는 것이다. 실제로 골목길 사이사이에 숨겨져 있는 보석 같은 볼거리, 풍부한 이야깃거리가 잠시도 지루할 틈을 주지 않는다. 사실, 우리가 살고 있는 도시에서 과거의 흔적을 찾기란 그리 쉬운 일이 아니고 온통 빌딩 숲으로 덮여 있어 제대로 된 자연을 만나기는 더더욱 쉽지 않다. 아파트 주거문화가 대세를 이루는 요즘 사람들의 일상과 숨결을 느끼며 걸을 수 있는 인간적 규모Human Scale의 골목길을 만나는 일은 마치 다른 세상에 온 것처럼 흥미롭다.

오랫동안 전통의 멋을 고스란히 간직하고 있는 이장우, 최승효 고택과 선교사들의 생활 흔적을 느낄 수 있는 서양 근대 건축물들을 만날 수 있는 양림마을은 마치 사막에서 오아시스를 만나는 느낌이다. 이처럼 한곳에서 동서양의 아름다움, 과거와 현대를 동시에 만나볼 수 있는 것은 큰 행운이 아닐 수 없다. 최근 방문객들이 늘어나면서 한식, 양식, 퓨전요리에 이르기까지 먹거리가 풍성해졌을 뿐만 아니라 젊은이들이 좋아할 만한 분위기 있는 카페들도 들어서고 있어 거리를 한층 활기차고 정겹게 만들고 있다. 골목길을 어느 정도 구경했다 싶으면 사직공원전망대로 올라갈 것을 권하고 싶다. 인근 지역에 고층 아파트가 들어서고 있어서 조망이 다소 제한되기는 하지만 광주 시가지와 남도의 상징인 무등산을 한눈에 조망할 수 있는 곳이다.

그리고 양림동에서 결코 놓쳐서는 안 될 곳이 하나 더 있다. 일부러 숨겨두기라도 한 듯 마을 뒤편에 얌전한 새색시처럼 예쁜 자태를 뽐내고 있는 양림동산을 두고 하는 말이다. 이곳은 성서의 에덴동산을 연상케 한다. 마치 '낙원을 꿈꾸는 자 이곳으로 오라'고 외치는 듯하다. 선교사들이 왜 양림동에 터를 잡았는지 알 수 있을 것 같다. 또, 많은 예술가들이 왜 여기서 영감을 받고자 했는지 짐작할 수 있다.

양림동 이야기는 마치 양파처럼 껍질을 벗기고 벗겨도 끝이 없다. 이런 이야기들을 더욱 풍성하게 하는 이들이 있다. 양림동과 이런저런 이유로 인연을 맺은 수많은 문학가, 예술가, 시민활동가들은 양림동의 가치에 무게감을 더한다. 양림동 출신으로 중국 인민해방군가를 작곡하여 중국의 3대 작곡가로 손꼽히는 정율성[1914-76], 어린 시절 목사인 아버지를 따라 양림동에 머물며 문학적 재능을 꽃피웠던 김현승 시인[1913-75], 그의 권유로 양림동에서 한 시절을 보내며 '무등을 보며'라는 명작시를 창작하기도 한 서정주[1915-2000] 시인, "이 비 그치면/내 마음 강나루 긴 언덕에/서러운 풀빛이 짙어 오것다"로 시작하는 〈봄비〉의 작가 이수복[1924-86]도 양림동과 인연이 깊다. 1980년 5월 교회를 다녀오는 길에 공수부대원에게 맞고 있는 노인을 발견하고 도우려다 목숨을 잃은 문용동 전도사의 이야기도 가슴 뭉클하게 한다. 광주 민주화의 대모로 불리는 조아라 여사도 양림동의 자랑거리다. 현재 양림동을 더욱 품격 있는 마을

옛 선교사 주택이 즐비한 양림동산에 오르는 길목 풍경.
일부는 게스트하우스로 활용하고 있다

로 만들어가고 있는 한희원 작가(한희원 미술관 운영) 등 마을지
킴이들도 모두 양림동의 소중한 자산이다. 양림동에 가면 선
교사들부터 시작하여 예술가, 마을해설사, 일반주민 등 과거
의 인물뿐 아니라 양림동의 미래를 위해 열정적으로 뛰고 있
는 마을 사람들을 만나볼 수 있다. 양림동의 매력은 어디까지
진화할지 예측하기 쉽지 않다. 골목골목에 숨어 있는 보석들
을 찾아 꿰는 일은 여전히 현재진행형이다.

햇살 좋고 숲 좋은 양림동, 소통의 정원마을을 꿈꾸다

양림마을에 가면 유난히 좋은 햇살과 아름다운 숲을 만날
수 있다. 숲과 햇살을 닮아서인지 마을 사람들은 참 밝고 해
학이 넘친다. 그래서인지 그들의 삶에서 여유가 묻어나온다.
양림마을은 도대체 어떤 마을인지 궁금해진다. 양림마을 유
래에 대해서는 세 가지 다른 설명이 있다. 첫 번째, 양림은
볕 양陽, 수풀 림林에서 유래했다고 보는 견해로 햇살이 잘 드
는 숲이라고 하여 붙여진 이름인 듯하다. 두 번째는 그 어원
이 버들 양楊, 수풀 림林에 있다고 보고 있는데 버드나무가 우
거진 숲이라고 하여 이름이 붙여졌다고 한다. 세 번째는 어원

이 '버드름'에 있다고 보는 입장인데, 우리말인 '버드름'을 한자를 빌려 적으면서 마을 이름이 생겨났다고 한다. 중요한 건 어느 쪽이든 전혀 근거 없는 이야기가 아니라는 점이다. 마을 앞 광주천변에는 버드나무가 자라고 있어 여전히 그 근거를 뒷받침하고 있고, 사직동산이나 양림동산은 햇살이 참 좋고, 숲도 좋다. 봄, 가을에는 각종 야생화들이 꽃 잔치를 벌이고 상수리나무, 참나무, 단풍나무 등 수령이 100년 이상 된 나무들이 한데 어우러져 울창한 숲을 이루고 있다. 열매 맺는 수목들이 많아서인지 새들과 다람쥐도 더불어 즐겁게 노래하며 뛰노는 모습을 어렵지 않게 볼 수 있다. 영락없이 양림마을 사람들을 닮았다.

선교사 유적지 주변에서는 흑호두나무, 호랑가시나무, 은단풍, 페칸, 플라타너스 등 옛 선교사들의 사연이 담긴 유서 깊은 나무들도 즐비하다. 양림동산은 조선시대 화살대를 납품했던 관죽전이었던 곳으로도 유명하다. 유진벨 선교사를 비롯한 많은 선교사들은 이 동산에 꽃과 나무를 심고 산자락에 교회와 학교, 병원을 세워 이곳을 희망의 동산, 사랑의 정원으로 가꿨던 것이다. 그중에 호랑가시나무는 수령이 400년이 넘은 것으로 시지정기념물 17호로 등록되어 있다. 서양에서는 날카롭고 뾰족한 가시가 있는 단단한 잎과 붉은 열매를 맺고 있어

양림동산 선교사 주택 입구에 서 있는
튤혼투나무가 랜드마크 역할을 하고 있다.

허철선 선교사의 사택이었던 곳인데 현재 'Huntley House'라는 이름의 게스트하우스로 활용되고 있다.

고난의 예수를 떠올리게 한다고 하여 일명 '예수나무'로 일컫어지기도 하며 주로 크리스마스 트리로 사용된다. 생긴 것은 다소 거칠어 보이지만 꽃말은 '가정의 행복·평화'라는 뜻을 갖고 있어 마치 속정 깊은 사람을 만난 것처럼 반갑다.

양림동에서는 사람도, 나무도, 꽃도 정겹게 느껴진다. 양림동 사람들은 동양과 서양, 현지인과 외지인을 구별하지 않는다. 현재를 살아가는 우리에게 어떤 것이 진정한 상생인가에 대해 넌지시 말을 건네는 것 같다. 지금 양림동 사람들은 정원을 가꾸듯 마을을 가꾸어 가고 있다. 담장을 헐고 자신의 정원을 공개하는가 하면 담장을 헐기가 여의치 않은 경우 담장 아래에 채송화, 봉선화, 국화 등 화초를 심거나 담쟁이넝쿨을 심어 올리기도 한다. 그도 저도 할 수 없는 곳에는 작은 화분 하나라도 놓여 있는 것을 어렵지 않게 볼 수 있다. 요즘 마을이나 시장 등이 유명해지면 주민과 관광객들 사이에 미묘한 갈등이 생기는 곳이 종종 있다. 그러나 양림동 사람들은 그것을 불평하지 않고 기꺼이 자신들의 공간과 시간을 내어주고 공유하고자 애쓴다. 그런 소통의 저력과 관용이 어디서 나오는 것일까? 아무래도 오래전 선교사들의 헌신과 배려, 그리고 나라가 어려울 때 침묵하지 않았던 선배들의 희생, 자연과 예술을 사랑한 예술가들의 소소한 삶의 방식 등이 녹아들어 유전자처럼 마을 주민들의 몸에 배인 것은 아닌지 짐작해 볼 뿐이다. 어쩌면 양림동은 역사 속에 면면히 이어져 내려온 광주정신의 자양분이 아니었을까 생각해 본다.

10

광주 송산공원

황룡강 위에 둥둥 떠 있는 보물섬이 시민들의 휴식처로서 역할을 톡톡히 하고 있다.

황룡강 위에 떠 있는 보물섬, 송산공원

송정리 일명 '영광통'*에서 호남대학교를 지나 약 5킬로미터 남짓 영광 방면으로 가다 보면 다리 하나가 눈에 들어오는데 황룡강을 가로지르는 송산대교다. 이 다리를 건너기 직전에 우회전하여 어등산을 끼고 돌아 광산구 박호동 쪽으로 2킬로미터 정도 더 진행하면 청등보라는 수중보가 눈에 들어오고 그 위 하천 한가운데 마치 커다란 유람선 한 척이 정박되어 있는 것처럼 둥둥 떠 있는 섬 하나가 있다. 바로 송산공원을 두고 하는 말이다. 황룡강 한가운데 자연스럽게 형성된 모래톱(삼각주)으로 지금은 어엿한 강섬江島이 되었다. 얼마나 많은 세월이 걸렸는지 정확히 알 수는 없지만, 강물에 씻겨 내려온 한 줌 한 줌의 모래들이 켜켜이 쌓여 이제 이곳은 당당히 자신의 이름을 가진 보물섬으로 많은 사람들에게 사랑을 받

* 영광으로 가는 길목을 일컬음.

는 곳으로 거듭났다.

  필자는 20여 년 전 자전거를 타고 황룡강변을 달리다 이 섬을 발견하고 그 아름다움에 매료된 적이 있다. 당시에는 일부 주민이나 낚시를 즐기는 사람들만이 이 풍경을 누리고 있었다. 마침 광산구 자문위원으로 활동하던 필자는 좀 더 많은 시민들이 이곳을 이용할 수 있으면 좋겠다는 생각에 이 섬을 공원으로 가꾸고 각종 이벤트를 개최할 것을 제안한 적이 있다. 특히 꽃축제 같은 이벤트를 개최하여 시민들의 삶의 질 향상에 기여하기를 바랐다. 세월이 흘러 지금은 나의 바람대로 시민들의 많은 사랑을 받고 있어 감회가 새롭다. 이곳에 대한 애정을 가진 사람들이 한두 명이었겠는가. 당시 광산구 의회나 공무원들도 이곳의 활용방안에 대해 다양한 의견을 나눈 것으로 알고 있다. 이곳은 많은 분들의 의견을 수렴하여 1998년에 '황룡강변 휴식공간 조성계획'을 수립하고 각종 편의시설을 설치하여 시민들에게 공개하기로 결정하였다. 당시 IMF^Internationl Monetary Fund 국제금융위기로 인하여 많은 기업들과 실직자들이 어려움을 겪고 있던 상황이어서 예산 확보와 공사 추진에 어려움을 겪기도 했다. 하지만 이를 어떻게든 추진하려고 방법을 모색하던 중 실업자들에게도 도움을 주면서 휴식공간도 마련하는 방안을 강구하게 되었다. 말하자면 1999년 실업

대책의 일환으로 공공근로사업이 시행되자 황룡강변 휴식공간 조성사업에 공공근로를 투입하여 본격적으로 추진하게 되었던 것이다. 광산구 자료에 의하면 대략 2년여 동안 연인원 1만 6000여 명의 공공근로 인력이 참여하여 공공근로사업비 6억 원을 투입하여 부지정리, 잔디식재 등 기반공사를 완료하였다. 이 사업은 당시 행정자치부 최우수사례로 선정되어 기관과 공무원에 대한 표창과 함께 모범사례로 널리 알려졌고, 여러 자치단체의 견학대상이 되기도 하였다. 시간이 흐를수록 시민들의 이용이 급증하자 시설을 보완하고 체계적인 보존 및 관리를 위해 2006년 7월 공원으로 지정하여 '송산유원지'에서 '송산근린공원'으로 명칭이 변경되었는데, 공원의 총 면적은 59만 7960제곱미터이고, 그 가운데 삼각주 조성면적은 3만 9182제곱미터에 해당한다.

이 보물섬의 매력은 한두 가지가 아니다. 이 섬에는 마치 성서에 나오는 '노아의 방주'처럼 각종 보물들을 가득 싣고 있다. 가장 먼저 눈에 들어오는 것은 각종 숲이다. 시민들이 가장 사랑하는 곳은 플라타너스 숲이다. 이 숲은 시민들에게 최고의 쉼터가 되고 있는데, 아름다운 이 숲속에 돗자리를 펴고 옹기종기 모여앉아 불판에 삼겹살 구워먹으며 가족친지들과 더불어 즐거운 시간을 보내기에 안성맞춤이다. 그밖에도 소

송산공원 플라타너스 숲에서 시민들이 피크닉을 즐기고 있다.

나무 숲, 벚나무 숲, 느티나무 숲 등이 요소요소에 군락을 형성하며 이 보물섬에 볼륨감을 더하고 있다. 그리고 철쭉, 무궁화 등 아름다운 꽃을 피우는 식물들은 계절에 따라 적절한 볼거리를 제공하고 있다. 또 강변을 따라 펼쳐진 벚꽃길은 연인들의 데이트 코스로 더할 나위 없이 아름다운 곳이다. 그리고 모내기할 때부터 벼 수확할 때까지 약 100일 동안 꽃이 피는 백일홍나무는 봄에서 늦여름까지 아름다운 공원 풍경의 조연역할을 톡톡히 하고 있다.

이곳의 자랑거리는 정적인 공간에 그치지 않는다. 넓은 잔디밭이 조성되어 있어 각종 구기종목은 물론 단체놀이 등을 자유롭게 할 수 있다. 잔디운동장 주변의 소나무와 느티나무, 팽나무 등은 뜨거운 햇살을 피해 쉴 수 있도록 그늘이 되어준다. 가족들의 쉼터인 플라타너스 숲 옆에 조성된 연못정원은 예쁜 수변식물들을 감상할 수 있어서 어린아이들이 가장 좋아하는 곳 가운데 하나다. 잠자리채를 들고 곤충채집을 하거나 아예 맨발로 연못가에서 진흙탕 놀이를 하면서 습지체험을 하는 아이도 있다.

개인적으로 송산공원에서 가장 인상 깊은 나무는 어린 시절 국도변을 지날 때 흔히 볼 수 있었던 추억의 가로수인 포플러나무다. 정확히 말하면 양버들이다. 두 사람이 팔 벌려 겨우 안을 수 있을 정도로 나무의 나이가 제법 오래된 것으로 보인다. 우리가 흔히 포플러라고 부르는 수종은 포플러, 미루나무, 양버들 등이 있다. 사실 일반사람들은 이들을 구분하기 쉽지 않아 이들을 같은 수종으로 인식하고 각자 편한 이름을 사용해 왔다. 말하자면 식물학적으로 각각 다른 나무이지만 정서적으로는 그저 같은 나무였던 것이다. 처음 유럽에서 수입할 때 사람들은 미국산 버드나무라고 생각해 미류美柳라는 이름이 사용되었다. 그러나 어느 순간 사람들은 미류가 미국산 버드나무가 아닌 아름다운 버드나무란 뜻으로 부르게 되자 이를 구분하기 위해 '미루나무'로 바꿔 부르게 되었다고 한다. 또 같은 시기에 '양버들'이란 나무도 대량으로 들어오면서 미루나무와 양버들의 이름에 혼동이 생긴 것이다.

포플러Poplar는 버드나무과 사시나무속에 속하는 식물의 총칭이라고 할 수 있는데 Populus라는 라틴어에서 유래한 것으로 민중, 대중이라는 의미가 있다. 영어 Popular와 People 등과도 어원이 통한다. 포플러가 얼마나 사람들과 친근한 나무인지 짐작할 수 있는 대목이다. Populus는 '사시나무속'으로 분류되는데 이는 '사시나무'가 우리나라에서 Populus속의 대표적인 수목이기 때문이다. 속명인 '사시나무'란 이름은 사시나무속 나무들의 잎자루가 길어서 조금만 바람이 불어도 잎이 바르르 떨린다는 데서 유래한 것이다. 여기에서 '사시나무 떨 듯하다' 라는 말이 나왔다. 전통적으로 이렇게 바람에 흔들리는 나무들은 신목神木으로 쓰였다. 신의 소리에 민감하게 반응하는 형상을 가지고 있기 때문이다. 그래서 대개 남부지방에서는 대나무가, 중부지방에서는 사시나무가, 북부지방에서는 자작나무가 신목으로 쓰였다고 한다. 남부지방에서는 점집이나 무당집에 대나무가 신목으로 세워져 있는 것을 어렵지 않게 볼 수 있다. 어쨌든 이 나무는 수직으로 높이 자라는 특성 때문에 이국적인 풍경을 연출하기도 하지만 무엇보다 햇빛에 반사되어 반짝반짝 빛나는 작은 잎들이 아름다운 나무다.

프랑스 인상파의 창시자 클로드 모네Claude Monet, 1840-1926는 파리 근교 지베르니Giverny와 아르장퇴유Argenteuil 전원 풍경의 랜드마크인 포플러를 즐겨 그린 것으로 유명하다. 또 빈센트 반 고흐Vincent Van Gogh, 1853-90의 1888년 명작 〈알리스캉의 가로수 길 L'Allee des Alyscamps〉도 포플러의 가을 풍경을 그린 그림이다. 그 외에도 프랑스에서 활약한 영국화가 알프레드 시슬레Alfred Sisley, 1839-99도 포플러를 무척 좋아했다. 송산공원에 있는 나무는 이태리포플러다. 이는 캐나다가 원산지인데 이탈리아에서 수입했다고 하여 이태리포플러라고 부르게 되었다고 한다. 어쨌든 포플러는 우리나라에서도 많은 사랑을 받았다. 심지어 대중가요에서도 찾아볼 수 있다. 대표적인 노래가 이예린의 '포플러 나무 아래'라는 노래다.

포플러 나무 아래
나만의 추억에 젖네
푸른 하늘이 슬프게만 보이던 거리에서
언제나 말이 없던 너는 키 작은 나를 보며

슬픈 표정으로 훔쳐보곤 했지
아무도 모르게 담벼락에 기대서서…

무엇보다 포플러를 보노라면 어린 시절 즐겨 듣던 동요가
떠오른다. '고향의 봄'으로 유명한 이원수李元壽, 1911-81가 글을
짓고, 나무야 나무야로 시작하는 '겨울나무'를 작곡한 정세
문鄭世文, 1923-99이 곡을 쓴 '나뭇잎'이다. 아직도 귓가에 맴도는
어린 시절 추억을 소환해 보자.

포플러 이파리는 작은 손바닥
잘랑잘랑 소리난다 나뭇가지에
언덕 위에 가득, 아! 저 손들
나를 보고 흔드네. 어서 오라고….
예쁜 애 미운 애 모두 웃으며
손짓하는 언덕에 나도 갈 테야
언덕 위에 가득, 아! 저 손들
나를 보고 흔드네. 어서 오라고….

또 다른 노래 한 곡도 떠오른다. 외국 곡에 박목월이 가사를
붙인 '흰구름'이란 제목의 동요다.

미루나무 꼭대기에
조각구름 걸려 있네
솔바람이 몰고 와서
살짝 걸쳐놓고 갔어요.
뭉게구름 흰 구름은
마음씨가 좋은가봐
솔바람이 부는 대로
어디든지 흘러간대요.

이 나무 한 그루를 보고 있으면 어린 시절 추억서린 원풍경들이 주마등走馬燈처럼 스쳐지나간다.

최근 송산공원에 작은 변화가 생겼다. 섬을 잇는 연도교를 가설한 것이다. 연도교에서 바라보는 하천 풍경이 또 하나의 볼거리가 되고 있다. 다리 아래로 오가는 오리보트 행렬도 볼거리 중에 하나다. 무엇보다 섬 전체를 한눈에 감상할 수 있다는 점에서 다리橋인 동시에 조망시설이 되기도 한다. 어쨌든 한낱 모래톱에서 유원지로, 유원지에서 시민공원으로 계속 진화하며 시민들의 사랑을 한몸에 받고 있다. 각종 꽃과 나무들은 해를 거듭할수록 무성해질 것이다. 송산공원의 잠재력은 무궁무진하다. 시민들이 어떻게 이용하고 가꾸어 가느

냐에 달려 있다. 황룡강이 잉태한 보물섬 송산공원은 우리들
이 앞으로 가꾸어 나가야 할 하천 숲의 훌륭한 모델이자 시민
공원의 지향점이 아닐까.

숲은 늘 우리와 함께 해 왔다

우리나라는 산림면적이 전 국토의 63.7%를 차지할 정도로
숲이 많은 나라다. 해마다 각종 개발로 인해 그 수치는 조금
씩 줄어들고 있지만, 어쨌든 숲이 적은 나라들 입장에서 보
면 우리나라는 부러움의 대상이다. 〈세계산림자원평가보고
서〉(2015)에 의하면 OECD 회원국 34개국의 평균 산림면적이
28.8%라는 점을 감안하면 우리는 숲속에서 살고 있는 것과 다
를 바 없다. 얼마나 행복한 사실인지 참 감사할 일이다. 참고
로 우리나라 숲 면적의 순위는 핀란드(73.1%), 일본(68.5%), 스
웨덴(68.4%)에 이어 4번째에 해당한다.

우리에게 숲은 단순한 자연이 아니라 삶터였고 놀이터였으
며 때로는 자연재해를 막아주는 좋은 도우미였다. 게다가 사
계절 아름다운 풍경을 제공해 주는 살아있는 미술관이기도 했
다. 숲은 우리 삶 속에 늘 함께 해 왔다. 심지어 너무 고마운

송산공원에서 어린이들에게 가장 인기 있는 곳 가운데 하나인 습지정원.

나머지 감사와 숭배의 대상으로 삼기도 했다. 강기슭이나 하천부지를 보호하기 위하여 강둑에 조성하여 마을을 안전하게 하려는 호안림護岸林, 주로 해안가나 바람이 많은 곳에 조성되어 강풍을 막아 주는 역할을 하는 방풍림防風林, 물고기가 서식하기 좋은 환경을 조성할 목적으로 물가에 심은 어부림魚付林, 풍수사상에 따라 터가 허한 곳에 숲을 조성하여 경관을 아름답게 한 비보림裨補林, 숲과 관련된 특별한 고사나 전설 등이 전해지는 역사림歷史林, 자연의 멋스러운 정취를 더하기 위하여 가꾸는 풍치림風致林, 마을 들머리나 앞들, 갯가, 뒷동산의 솔밭이나 느티나무 고목 아래에서 마을 제례와 축제가 열렸던 당숲으로 고향을 떠올리게 하는 성황림城隍林 등이 생활 주변에서 우리와 함께 해 온 대표적인 숲들이다. 숲이 우리의 삶에 얼마나 유익한 존재인지 제아무리 강조해도 지나치지 않을 것이다. 우리가 지속적으로 숲을 보존하고 가꾸어 가야 하는 이유다.

11

학교, 정원을 꿈꾸다

숲과 정원이 어우러진 전남대학교 교정.

학교와 교정

　영국의 정원 역사가歷史家 톰 터너Tom Turner는 자신의 책《정원의 역사Garden History》에서 정원을 가꾸는 가장 큰 이유로 세 가지를 들었다. 그것은 '몸을 위하여for the body', '특별한 활동을 위하여for activity', '정신세계를 위하여for the spirit'다. 예를 들면 우리 몸을 위한 정원의 대표적인 형태로는 허브와 채소 등을 기르는 키친 가든이나 약용식물을 키우는 약용식물원 등이 있고, 특별한 목적을 위한 정원으로는 식물원, 체육공원, 수목원 등이 있으며, 또 정신세계를 위한 정원으로는 수도원정원 등을 들 수 있을 것이다. 그런 의미에서 보면 학교와 정원은 참 잘 어울리는 조합이다. 그래서 우리는 학교學校를 교정校庭으로 부르기도 한다. 특히 대학의 교정을 이야기할 때 쓰는 영어 '캠퍼스Campus'는 라틴어로 들판을 뜻하는 '캄푸스campus'에서 유래되었다. 우승자를 일컫는 '챔피언Champion'이라는 단어도 '캄푸스'에서 나왔는데, '들판에서 싸우는 자'를 뜻한다. 또 야영이라는 뜻의 캠핑camping이나 홍보나 운동의 의미로 사용되고 있는 캠페인campaign도 마찬가지다. 그것이 대학 혹은 연구소의 시설과 경계를 통틀어 부르는 의미로 변환되어, 어느덧 구글이나 애플과 같이 창의적인 작업환경을 추구하는 회사들이 자신들의 사옥을 칭할 때 '캠퍼스'라는 명칭을 사용하면서 그 의미가 더욱 확장되고 있다. 캠퍼스는 그 어원이 경작이나 수렵 등으로 인간에게 생존을 보장해 주는 '들판'을 의미하고 있고 자연을 모티브로 한 정원을 지향하고 있다는 점에 주목할 필요가 있다.

캠퍼스라는 단어가 주는 이미지는 대체로 대학의 낭만과 서정적인 풍경으로 우리에게 다가온다. 요컨대 잔디에 눕거나 혹은 나무그늘 안에 앉아 담소를 나누고 독서를 즐기는 장면을 떠올리게 하고 자유분방한 소통과 교류공간의 이미지로 그려진다. 이처럼 대학 캠퍼스는 한때 꿈과 낭만의 대명사처럼 느껴지는 시절이 있었다. 그것은 여느 중·고등학교 교정과는 다른 멋진 건물과 넓은 잔디밭이 있고 예쁜 정원이 있다는 이미지가 작용했을 것이다.

지금은 사정이 많이 달라졌지만 당시 중·고등학생시절 꿈은 대통령도 아니고 재벌도 아니었다. 그저 하루 빨리 대학생이 되는 것이었다. 대학생이란 입시의 압박에서 일단 벗어나 자유를 만끽할 수 있고, 미팅도 하고, 막걸리를 마시며 장발머리에 청바지를 입고 통기타를 치며 마음껏 젊음을 누릴 수 있는 일종의 해방구라고 생각했기 때문이다. 그러면서도 사회의 부조리와 불의에 침묵하지 않고 항변하는 열정과 마땅히 가져야 할 정의감에 대해서도 도외시하지 않았다.

캠퍼스와 유사한 의미로 사용된 단어가 있다. '김나지움gymnasium'이다. 고대 그리스의 체육관gymnasium에서는 철학·문학·음악도 가르쳤으며, 근처에 공립도서관이 있었다. 이 때문에 독일어권 국가에서는 아직도 '김나지움'이 운동선수나 운동경기와 관련 없이 중등학교의 상급학년을 가리키는 말로 사용되고 있다. 'gymnasium'의 어원을 살펴보면 '벌거벗은naked'이라는 뜻을 담고 있다. 이 당시의 학교는 지성적인 교육뿐만 아니라 신체의 단련도 매우 중요하게 여겼기 때문에 육체를 훈련하는 시간이 상당히 많았다. 그런데 이 육체를 단련할 때는 특별히 청년들이 모두 옷을 벗었는데, 신체야말로 신이 준 가장 큰 선물이라고 여겼기 때문이다. 물론 지금은 벌거벗고 신체를 단련하지는 않지만, 바로 이런 신체단련의 이미지가 더 부각되면서 오늘날 김나지움이 '체육관'이라는 뜻을 가지게 된 것이다.

그런데 이 김나지움은 정원과도 깊은 연관이 있다. 신체를

조선대 교정 진입부에 조성된 장미정원.

단련시키려면 뛰고 달릴 수 있는 넓은 장소가 필요한데 건물
에 둘러싸여 있는 오픈된 공간, 바로 중정中庭을 이용했던 것
이다. 이 중정에서 달리기, 원반던지기, 뜀뛰기 등 요즘의 올
림픽 육상경기에 해당하는 운동이 이루어졌던 것이다. 그런
데 중요한 것은 신체를 단련했던 이 중정을 빈 공간으로 두
지 않고 나무와 잔디를 심어 정원으로 조성했다는 점이다. 훗
날 이 김나지움의 중정 양식은 성당의 건축양식으로도 이어

져 중세 정원의 대표적인 형태인 '클로이스터Cloister(수도원의 안뜰)'의 모태가 된다.

언젠가부터 지성의 열매를 일구던 들판Campus은 자본의 열매를 추구하는 싸움판으로 변질되었다. 캠퍼스에서의 낭만이나 순수는 아주 오래 전 이야기처럼 들린다. 대학들이 경쟁력 강화를 핑계로 교육이라는 본질에서 벗어나 캠퍼스의 팽창과 수익사업에 몰두하는 사이, 학생들 또한 대학을 더 이상 학문의 전당이 아닌 스펙 쌓기 일환이나 이력 채우기 과정쯤으로 생각하는 것 같다. 아무리 자본주의가 첨예하게 발달하더라도 대학 캠퍼스만큼은 사회 어떤 영역에서도 맛볼 수 없는 연대감과 자부심, 정서적인 위안이 있고 그야말로 상아탑 정신이 살아있어야 하지 않을까. 그것은 본질적으로 교육공간인 '캠퍼스'에서 우리가 지켜야 할 최후의 보루이기도 하다.

심신 균형교육을 추구했던 '김나지움'은 이제 오직 입시와 금메달을 위한 훈련공간으로 전락되어 버렸다. 언젠가부터 우리 사회의 중·고등학교는 주입식 교육을 위한 학생수용소가 되어 버렸고 운동장은 맘껏 뛰노는 공간이 아니라 건물로 들어가는 단지 의미 없는 빈 공터에 불과하다. 이제 학교는 교과서를 달달 외우는 곳이 아니라 자연을 배우고 대인관계의 소통을 체험하고 정서를 함양하며 꿈과 이상을 품는 곳이 되어

조선대 캠퍼스의 상징으로 자리 잡은 장미정원.

야 하지 않겠는가. 그러기에는 오늘날 학교는 너무나 삭막하다. 우리 학생들에게 정원이 절실히 필요한 이유다.

시민정원이 된 조선대 장미정원

조선대 장미정원은 캠퍼스 공원화 사업의 일환으로 당초 의

과대학 동문들의 모금으로 시작하였고 학교동문과 교직원까지 확대되어 2003년 2월 1차 조성되었다. 이후 지역민과 광주은행의 후원으로 이어지면서 2008년 9월 확장하여 개장하였다. 총면적 5299제곱미터에 장미 227종 1만 7994주가 식재되어 있고 분수대와 파고라, 카페 등이 들어섰으며 야간조명시설까지 갖추고 있어 장미정원은 조선대의 상징이자 학생들뿐 아니라 지역민의 커뮤니티 공간으로 거듭나고 있다. 해마다 5월이 되면 조선대가 마련한 장미축제가 의과대학 앞 장미정원에서 다채로운 이벤트와 함께 개최되는데 장미를 주제로 한 마술쇼, 각종 공연, 그림그리기 대회, 장미사진 콘테스트, 즉석 사진촬영, 불꽃놀이 등 다양한 볼거리를 제공하고 있어 시민들의 여가공간으로 제대로 한몫을 하고 있다. 조선대 장미정원은 시민에게 다가가는 학교 정원의 조성 방향이 어떠해야 하는지 보여주는 좋은 선례가 되고 있다.

정원을 닮은 일터

애플이 미국 캘리포니아주 쿠퍼티노Cupertino에 아름다운 신사옥 '캠퍼스2Campus2'를 건설하였다. 직원 1만 3000여 명의 새

보금자리가 될 캠퍼스2는 모서리 없는 도넛 모양에 중심부에는 숲과 정원이 조성되었다. 애플 창업자인 고故 스티브 잡스가 설계초안을 만들었다는 점에서 세간의 주목을 받고 있다. 총공사비 약 50억 달러(약 5조 7240억 원)에 이르는 초대형 사업으로 '캠퍼스'라는 사옥명칭을 사용하여 마치 대학 캠퍼스를 연상시키고 있다.

이곳은 건물 형태가 우주선을 닮았다 하여 '스페이스십Spaceship'이라고 부르기도 하고, 도넛 형태를 하고 있어 '그레이트 글래스 도넛Great Glass Donut'이라고도 부르기도 한다. 스티브 잡스는 생전에 건물의 설계 취지를 설명하면서 소통과 협업에 초점을 맞췄다며 "우연한 마주침과 계획되지 않은 협업이 수시로 일어날 수 있는 공간A place that encounters and unplanned collaborations이 되기를 희망한다"고 말한 바 있다. 이 사옥이 여러 측면에서 이슈를 제공했지만, 특히 '캠퍼스'라는 명칭을 사용하면서까지 대학 못지않은 창의적 환경을 갖추려고 의도한 점, 또 애플의 상징인 사과나무를 비롯한 살구나무, 올리브나무 등 7000여 그루의 수목과 허브원, 연못 등을 도입하여 숲과 정원을 설계했다는 점, 창의성과 소통을 위해 보행공간을 배려한 점 등은 건물과 공간이 경제성 위주로 건설되는 경향이 있는 현 시점에서 시사하는 바가 크다.

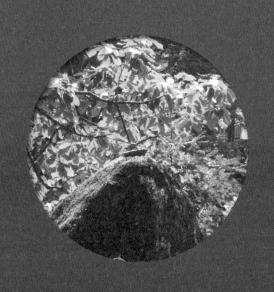

12

화순 유마사

고즈넉한 풍경이 매력적인 화순 유마사 일주문 주변 풍경.

숲과 물과 돌이 그려내는 풍경, 화순 유마사

　전남 화순에는 여느 지역보다 월등히 많은 세 가지가 있는
데 숲과 물과 돌이다. 먼저 숲을 보면 국립공원 무등산(1187미
터)을 비롯하여 백아산(810미터), 만연산(609미터), 모후산(919
미터), 안양산(853미터) 등을 들 수 있다. 우리나라 산림면적률
이 63.16%, 전남의 산림면적률이 56.05%인 점을 감안하면 화
순군은 71.08%로 아주 높은 비율의 숲을 보유하고 있다.

　다음으로 화순군은 물이 깨끗하고 풍부하기로 유명하다.
사실 물은 숲과 떼려야 뗄 수 없는 관계다. 화순은 산맥에 따
라 크게 영산강과 섬진강 수계로 구분하는 분수계分水界 지역으
로 크고 작은 하천이 발달해 있다. 두 물줄기는 모두 상류에
해당하여 깨끗한 수질을 유지하며 광주광역시와 전라남도의
주요 수원水源이 되고 있다. 영산강의 지류인 지석천과 보성강
의 지류인 동복천의 유역면적은 꽤 넓은 편이다. 그래서 홍수
와 가뭄에 대처할 수 있는 녹색댐 역할을 톡톡히 하며 동복댐,

나주댐, 주암댐 등의 수자원 공급처가 되고 있다.

화순군의 돌은 또 어떤가? 고인돌 군은 고창, 강화 등과 더불어 현재 유네스코가 지정한 세계문화유산이다. 화순군 도곡면 효산리에서 춘양면 대신리를 잇는 10킬로미터 계곡에 형성된 고인돌유적지에는 500여 기의 고인돌이 산재되어 있으며 화순군 전체로는 145개 군群 1186기에 이른다. 또 갖가지 신비로운 전설에 얽힌 운주사의 천불천탑 이야기를 빼놓을 수가 없다. 현재는 석불 93개, 석탑 21개만 남아 있지만, 운주사는 사찰이 아니라 야외 조각공원으로 착각하게 만들 정도다. 그게 다가 아니다. 화순군 이서면 창랑리, 보산리, 장학리 일대에 있는 자연이 빚은 천하제일의 절경 화순적벽和順赤壁(국가지정문화재 명승 제112호), 그리고 무등산권 세계지질공원의 일부인 규봉암 등은 그 자체가 하나의 수직정원이자 암석정원이다. 이처럼 화순군은 산천의 조화가 잘 어우러져 있어서인지 운주사, 쌍봉사, 개천사, 유마사, 만연사 등의 유서 깊은 사찰들이 곳곳에 들어서 있다. 또 숲, 물, 돌들을 마음껏 조망할 수 있는 물염정, 환산정, 영벽정, 송석정, 임대정 등 멋들어진 정자亭子들이 풍광 좋은 곳에 어김없이 세워져 있다. 여기에 비해 다소 지명도는 떨어지지만 역사성이나 이야기의 흥미로움은 절대 뒤지지 않을 만한 숨겨진 비경 유마사가 있다.

사찰인지 전통가옥인지 구분하기 어려울 만큼 친근감 있는 유마사 풍경.

　　유마사維摩寺는 주변에 흔치 않은 여성 승려들이 수행하는
비구니比丘尼 사찰로서 전라남도 화순군 남면 유마리 모후산에
위치한 대한불교조계종 제21교구 승보종찰 송광사의 말사다.
역사적으로는 《동복읍지》, 《유마사향각변건상량문》 등에 비
교적 자세히 기록되어 있다. 요약하면 백제 무왕 28년(627년)
중국 당나라의 고관이었던 유마운維摩雲과 그의 딸 보안普安이
창건한 것으로 전해진다. 유마사는 고려 공민왕이 난을 피하

여 이곳으로 왔는데 어머니의 품 속 같아 덕스러움이 모후母后와 같다고 하여 원래 나복산이라는 이름 대신 모후산으로 바꿔 부르게 되었다고 한다. 또 하나는 임진왜란 때 서하당 김성원棲霞堂 金成遠, 1525-97이 이곳 동복현감으로 부임했을 때의 이야기다. 김성원이 노모를 구하기 위하여 필사적으로 싸우다가 순절하였다고 하여 나복산을 모호산母護山이라 부르고, 마을 이름도 모호촌으로 불렀다고 한다. 《호남읍지》에 "본래 이름은 나복蘿葍으로 현 동쪽 15리에 있다"고 되어 있다. 《신증동국여지승람新增東國輿地勝覽》에 "모후산은 현의 동쪽 10리에 있는 진산鎭山이고, 유마사가 있다"고 기록되어 있다. 유마사에 전해 내려오는 이야기는 한두 가지가 아닌데 듣고 있노라면 그것이 설화인듯 실화인듯 묘한 호기심을 유발한다.

이 사찰의 창건과 관련된 내용으로 자못 흥미로운 이야기가 또 있다. 중국 요동 지역에 보안이라는 처자가 있었는데 그의 아버지는 요동의 태수 유마운이라는 사람이었다. 사람들을 죽이면서까지 많은 재물을 얻었는데, 이를 지켜본 보안의 간청으로 깊이 뉘우치게 되었다. 그는 전 재산을 가난한 백성들에게 돌려주고 미련 없이 길을 떠나게 되었다. 산 넘고 물 건너 걷고 또 걷다 보니 모후산 아래까지 오게 되었다고 한다. 그들은 그곳에서 나무를 베어 장에 팔아 생계를 이어 나갔다.

보안이 열여섯 살이 되던 해에 전라도 무진 고을 원님이 순방을 나왔다가 유마운과 보안의 소문을 듣고 모후산을 찾았다. 그들을 만난 원님은 뭔가 돕고 싶은 생각으로 그곳에 절을 세우고 경작할 밭을 마련해 주었다. 이후 절에서 부전 스님과 함께 기거하게 되었는데, 그는 염불보다 보안에게 마음을 빼앗겼던 것 같다. 어느 날 유마운이 돌연 세상을 떠나고 보안과 부전 스님만 절에 남게 되었다. 보안은 부전이 자신을 흠모하고 있다는 사실을 알고 부담을 느낀 나머지 어느 날 밤 부전에게 편지를 썼다. "발원을 등지고 윤회의 강에 탐닉하는 것은 짐짓 불자의 바른 행위가 아닌 줄 아오나, 스님께서 정히 그렇게 저를 필요로 하신다면 아까워 드리지 못할 것도 없사오니, 내일 저녁 열두 시에 아랫마을 개울가로 나와 주세요." 이튿날 약속장소에 나온 부전에게 보안은 뜰채 하나를 건네며 말하기를 "스님, 저 물 속에 둥근 달이 보이시나요? 저 달을 이 뜰채로 건져내는 일입니다. 스님이 달을 건져내고 제가 그 달을 건져도 좋고, 둘 다 건지지 못하여도 좋습니다. 그러나 스님께서 건져내지 못하고 제가 건져내게 된다면 우리들의 약속은 멀어지는 것입니다." 예상한 대로 부전 스님은 뜰채로 달을 건져내지 못했고, 보안은 쉽게 건져냈다. 상심한 부전은 상사병이 깊어져만 갔는데 그를 낫게 할 사람은 보안뿐이었다.

해탈교를 지나면 단청을 입히지 않은 봉향루가 예스러움을 뽐내고 있다.

　어느 날 보안이 아파 누워 있는 부전을 찾아가 법당 안에
모셔진 탱화를 뚝 떼어 마룻바닥에 깔고 옷을 벗고 자리에 누
웠다. 그러나 부전은 차마 옷을 벗지 못했다. 제아무리 사랑
이 깊다 한들 스님이 탱화를 깔고 누울 수는 없는 노릇이었다.
보안이 격노하며 말했다. "그대는 사람이 그린 그림에 불과한
부처는 무섭고, 진짜 살아있는 부처는 무섭지 않느뇨?" 그런
후 보안은 백의관음보살白衣觀音菩薩로 변해 승천昇天했다고 한다.

그저 미신 같기도 하고 비과학적인 전설에 불과한 내용이라고 치부해 버릴 수도 있지만 마치 한 편의 동화처럼 우리 현대인들이 놓칠 수 있는 삶의 본질에 대해 한 번쯤 생각하게 하는 이야기가 아닐까. 유마사는 그런저런 이야기를 접하고 둘러보면 훨씬 흥미롭고 의미 있는 풍경으로 다가온다.

낙원으로 가는 길목, 달빛 개울 위에 걸린 보안교

유마사 초입에는 설화의 주인공인 보안이 세웠다는 투박한 옛 다리 하나가 있다. 모후산 깊은 숲에서 흘러내리는 맑은 계곡 위에는 보안이 치마폭에 담아 옮겨 놓았다는 보안교普安橋가 1400년의 역사를 품은 채 여전히 자리를 지키고 있다. 계곡 위에는 널따란 바윗돌이 통째로 걸려 있고 계곡물은 청아하여 금방이라도 물속에서 바위틈을 비집고 해맑은 달이 솟아오를 것만 같다. 다리 바닥 한쪽 편에는 "유마동천보안교維摩洞天普安橋"라고 새겨져 있는데 눈여겨보지 않으면 쉬이 눈에 띄지 않는다.

이 보안교에 얽힌 이야기도 그냥 흘려보낼 수 없을 만큼 흥미롭다. 모후산 중턱에서 많은 인부들이 바위를 운반하려고

유마사의 비경 속 또 하나의 비경, 넓적바위다리 보안교.

애썼으나 험한 산길이라 작업이 부진하자 보안이 직접 치마폭에 바위를 싸더니 유유히 들고 와서 단번에 다리를 놓았다는 전설이다. 곧이곧대로 믿기야 어렵겠지만 어쨌거나 보안은 여러모로 신통방통한 면모를 지녔었던 것 같다.

유마사는 잘 보존된 노거수들과 이끼 낀 바위 등 시간이 만들어낸 풍경들이 있어 고즈넉하다. 게다가 보안교 건너 사찰 쪽으로 진입하다 보면 해련탑海蓮塔을 만나게 되는데 오랜 동안

유마사의 창건자로 알려진 유마운의 부도로, 해련탑이라 부르기도 한다.

그 자리에 있어서인지 마치 자연의 일부가 되어 있다. 이 탑은
보물 제1116호로 지정되어 있으며 창건자 유마운의 부도로 전
해지고 있다. 이밖에도 절 입구에는 높이 1.5미터 정도의 경헌
대로사리탑敬軒大老舍利塔이 있는데, 대석臺石의 네 모서리에는 사
자, 호랑이, 돼지 등의 동물 형상이 새겨져 있다.
　보안교 주변에는 물과 숲과 돌이 조화를 이루며 이미 하나
의 정원이 되어 있다. 동산의 초목들은 나뭇가지 사이로 새어

나오는 햇살을 조명 삼아 계곡 물소리에 맞춰 춤을 추며 정원에서 마치 축제를 즐기는 것처럼 보인다. 그래서일까 유마사에 가면 사찰보다 보안교와 계곡 주변에서 한참을 서성이게된다. 물가에는 아름드리 고목들이 자라고 있고 인근 숲 사이사이에는 예사롭지 않은 바위들이 군데군데 자리 잡고 있어마치 계획된 배치가 아닌가 싶을 정도다. 그곳에서 가장 크고 돋보이는 바위에는 "미륵불彌勒佛"이라고 새겨져 있어 숭배의 대상이었을 수도 있지만 어쩌면 이 정원의 중심을 잡아 주는 상징적인 조형물이 아닌가 싶다.

현재 사찰로 가는 진출입로가 따로 있음에도 보안교 바로 옆에 일주문이 세워져 있는 것으로 보아 분명 의미 있는 장소임에 틀림없다. 특히 다리에 "동천洞天"이라고 새겨져 있는 것만 보아도 알 수 있듯이 낙원으로 가는 길목쯤으로 의미 부여한 장소인 듯싶다. 도교에서 말하는 동천은 '하늘과 통하는 신선이 사는 세계', 즉 '아름다운 풍경으로 둘러싸인 경치가 가히 신선이 지낼 만한 곳'이라는 의미로 낙원樂園 혹은 유토피아Utopia, 理想鄕를 일컫는다. 현재 우리가 사는 '동네'라는 명칭도 동천洞天, 동내洞內에서 유래한 것이다. 낙원을 향한 꿈은 예나 지금이나 다를 바 없는 것 같다. 그래서 숲과 돌과 물이 어우러진 정원은 그나마 우리에게 적지 않은 위안이 된다.

13

화순 고인돌정원과 운주사

세계유산으로 등재된 화순 고인돌 군이 마치 암석정원처럼
소나무 숲과 자연스럽게 앙상블을 이루고 있다.

정원이 된 무덤, 세계유산 화순 고인돌 군

　이집트의 거대한 무덤인 피라미드, 영국의 거대 조형물 스톤헨지Stonehenge 등을 흔히 인류 최고 거석문화의 산물이라고 얘기한다. 우리나라에도 이와 어깨를 나란히 할 만한 거석문화가 있는데 바로 청동기시대의 유물 '고인돌Dolmen'이다. 우리나라는 전 세계 고인돌의 절반 이상이 모여 있을 정도로 가히 '고인돌 왕국'이라고 할 수 있다. 그 숫자뿐만 아니라 크기나 형태 등 다양성 면에서도 주목을 받고 있다. 고인돌은 한반도 전역에 분포해 있는데 북한의 황해도 은율과 평양 등 대동강 유역에 1만 4000기 정도가 있고 화순과 고창, 강화도 등을 중심으로 한 남한에 2만 4000기 정도가 있다고 한다. 수몰지역 등 개발과정에서 소실된 것 등을 감안하면 우리나라 전체 고인돌은 5만 기 이상으로 추정하기도 한다. 전 세계에 산재한 고인돌이 약 8만 기 정도로 일컬어지는 것을 감안하면 우리나라 고인돌이 얼마나 많은지 짐작해 볼 수 있다. 그 가운데 호남지방에 산재해 있는 고인돌이 무려 2만 기 이상으로 우리나라 최대 고인돌 유적지라는 것에 놀라지 않을 수 없다.

화순 고인돌 유적은 주로 도곡면 효산리와 춘양면 대신리를 잇는 보검재(일명 보성재, 해발 188.5미터) 계곡 일대에 약 5킬로미터 범위에 집중 분포되어 있는데 거점지구별로 괴바위 고인돌지구(47기), 관청바위 고인돌지구(190기), 달바위 고인돌지구(40기), 핑매바위 고인돌지구(133기), 감태바위 고인돌지구(140기), 대신리 발굴지(46기) 등에 총 596기의 고인돌이 밀집 분포되어 있다. 이들 모두 비교적 당시의 자연환경이 원형대로 잘 보존되어 있다. 이런 점이 높이 평가되어 국가사적 제410호로 지정되었고, 이어 2000년 12월에는 자랑스럽게도 화순의 고인돌은 고창, 강화 고인돌 유적 등과 함께 세계유산(제977호)으로 등재되는 쾌거를 이루었다.

솔숲 속에 자연스럽게 놓여 있는 다양한 모양의 고인돌은 주변 풍경과 어우러지면서 하나의 거대한 암석정원을 이루고 있다. 한 번은 눈으로 보고 또 한 번은 만져 보고, 그다음엔 모든 감성을 동원하여 감상해야 비로소 청동기시대로의 시간여행을 즐길 수 있다. 그러나 고인돌 유적을 단순히 정원으로만 감상하기에는 어쩐지 조심스러워진다. 혹자는 고인돌에는 죽은 사람이 좋은 곳으로 가서 잘 살기를 기원하는 마음과 현재

고인돌로 사용하기 위해 바위를 가공한 흔적이 남아 있다.

를 살아가는 후손을 위한 기도의 간절함이 배어 있다고 설명
한다. 그런 의미에서 고인돌은 단순한 무덤이 아니라 제단의
기능도 있음을 의미한다. 어쨌든 그 많은 고인돌 하나하나에
저마다의 사연을 간직하고 있다고 생각하니 왠지 숙연해지며
잠시라도 그들의 얘기에 귀 기울여야 할 것만 같다.

효산리 입구에서 탐방로를 따라가다 가장 먼저 만나게 되는
것은 괴바위 고인돌이다. 주변을 조망할 수 있는 높은 곳에 위

화순 고인돌 유적지 진입부 풍경.

치해 있어 다른 고인돌과 달리 무덤이라기보다는 표지석 역할
을 하고 있다. 주변 마을 사람들은 이를 '고양이 바위'로 부르
기도 한다. 그다음 등장한 관청바위는 당시 보성원님이 나주
목사를 만나러갈 때 잠시 민원을 처리한 것에서 유래되었다고
한다. 그래서인지 건지산 중턱에 작은 고인돌들은 한결같이
의젓해 보인다. 공동체의 집단묘역에는 어김없이 규모가 확
연히 커 보이는 대장격의 고인돌이 있기 마련인데, 달바위 고

인돌지구에서도 차오른 달처럼 큰 바위를 보검재 산능성이에서 만나볼 수 있다. 달이 뜨는 초저녁에 고인돌에 비친 달빛을 보면 많이 닮았다는 생각이 든다. 그리고 갓 쓴 사람을 닮았다 하여 이름 붙여진 감태바위는 그곳이 채석장이었음을 짐작하게 한다. 바위에는 덮개돌을 떼어내려 했던 흔적이 고스란히 남아 있다. 채석장 아래의 고인돌 군은 마치 거대한 수석 전시장이나 오묘한 암석정원과 같은 느낌을 받는다. 누가 뭐래도 화순 고인돌의 최고 명물名物은 마고할미의 전설을 간직한 세계 최대 규모를 자랑하는 '핑매바위 고인돌'이 아닐까 싶다. 무게가 무려 280톤 이상으로 추정되는데 이 거대한 덮개돌은 화순 고인돌 군을 상징하는 대표얼굴이 되었다. 우리 삶터 지척에 이렇게 청동기시대로의 시간여행을 할 수 있다는 것만으로도 퍽이나 가슴 설레는 일이 아닐 수 없다.

1000개의 표정이 숨어 있는 운주사 조각정원

우리나라 고古 사찰들은 대체로 풍경이 아름다운 곳에 위치해 있다. 그래서 사찰을 찾는 사람들은 불심에 연유하기도 하지만 그저 사찰과 어우러진 아름다운 풍광에 매료되어 찾는 분들도 적지 않다. 운주사는 사찰의 역사성, 경관의 아름다움, 그리고 천千의 얼굴을 하고 있는 오묘한 석조물 등 흥미로운 풍광을 즐기기 위해 많은 사람들이 즐겨 찾고 있는 곳이다. 그래서 운주사는 단순히 아름다운 사찰이라는 표현만으로는 뭔가 부족한 느낌이 든다.

운주사는 알려진 바와 같이 '천불천탑千佛千塔'으로 유명하다. 이와 관련해 전해오는 이야기 또한 실로 다양하다. 1000개의 석불과 1000개의 석탑이 존재했다는 운주사雲住寺는 한때 운주사運舟寺로 불리기도 했다. 신라 고승 운주雲住 화상이 지었다는 설도 있고, 신라 말 도선국사가 배舟 모양인 한반도가 동쪽에 산이 많아 무거워 넘어가는 것을 막기 위해 서쪽인 이곳에 천불천탑을 만들었다는 이야기도 전해진다. 고려 초 혜명 스님이 1000명과 함께 만들었다는 얘기도 있고, 또 무속신앙에서 신선인 마고麻姑 할미 창건설도 전해 내려온다. 또 작가 황석영의 《장길산》*이라는 소설은 그 끝맺음을 운주사로 설정하며 강렬한 인상을 남겼다. 조선 중기 민초들의 세상을 꿈꾸었던 장길산과 반란군은 관군의 추격을 피해 운주사로 모여들고 새벽 첫 닭이 울기 전 1000개의 탑을 세우면 세상을 바꾼다는

* 황석영 저, 《장길산 4》, p.956, 2020, 창비.

일주문을 지나 본당을 가기 전에 만나게 되는 구층석탑과 각종 불탑 풍경.

전설에 따라 정성을 다해 보았지만 마지막 와불臥佛을 세우기 전에 때 이른 닭 울음소리로 인해 염원은 실패하고 만다. 소설적 상상이 가미된 허구지만 사실보다 더 애절한 이야기로 강한 여운을 남긴다. 이런 설화나 문학에 앞서 운주사에 관한 가장 오래된 기록은 《동국여지승람》(1481)인데 여기에 "운주사는 천불산에 있다. 절의 좌우 산마루에 석불과 석탑이 약 1000개씩 있고 또 석실이 있는데, 두 개의 석불이 서로 등을 대고

마치 조각정원처럼 다양한 형상을 하고 있는 석조물 풍경.

앉아 있다"라고 쓰여 있어 천불천탑이 실존했던 것으로 보인
다. 그러나 세월을 탓해야 할지 현재 남아 있는 것은 석탑 17
기, 석불 80여 기로 100개 정도가 남아 있다.

　운주사의 풍경과 석조물들을 한꺼번에 감상하는 것은 무리
다. 시간을 두고 몇 번이고 반복해서 감상해야 비로소 참맛을
느낄 수 있다. 입구에 들어서 한참을 걷다 보면 우뚝 선 칠층
석탑(보물 제796호)이 보이고, 그 오른편에 흥미로운 석조물 군

이 눈길을 사로잡는다. 마치 바위 처마 아래 비를 피하고 있는 가족의 모습처럼 무리지어 있는 조각상은 핵가족시대에 느낄 수 없는 가족의 끈끈함을 떠올리게 한다.

정원 중간쯤에 마치 석조주택처럼 보이는 거대한 석조물이 발길을 머물게 한다. 자세히 보니 불상을 모시기 위해 돌로 집을 지은 석조불감(보물 제797호)이다. 내부에 서로 등을 맞댄 쌍배불상은 매우 특이한 조형성을 보여주고 있다. 그 옆에는 마치 호떡을 올려놓은 모습을 하고 있는 원형 다층석탑(보물 제798호)은 다소 거칠고 장난기가 느껴질 정도로 흥미로운 석조물이다. 그뿐 아니라 별자리 모습을 땅으로 옮겼다는 운주사의 또 다른 전설을 뒷받침하듯, 규칙적으로 놓인 자리와 크기가 북두칠성의 방위와 별들의 밝기와도 일치한다는 칠성바위의 모습도 예사롭지 않다. 이처럼 운주사의 석조물은 상식적이지 않고 어쩌면 자유분방하게 느껴질 정도다. 그래서 더욱 상상력을 자극한다.

이제 소위 운주사의 끝판왕을 만나볼 차례다. 누구라도 인정하지 않을 수 없는 운주사의 명품은 산길을 따라 한참 올라가다 다다른 산등성이에 누워 있는 '와불'이다. 한눈에 들어오지 않을 정도로 상당한 크기의 와불은 비탈진 언덕에 하늘을 바라보며 횡橫으로 누워 있다. 마치 사이좋은 오누이나 친구처

일명 '와불'이라고 불리는 운주사 와형석조여래불(전라남도 유형문화재 제273호).
자세히 보면 두 와불이 나란히 누워 있는 것을 알 수 있다.

럼 보이기도 하고 때론 다정한 부부처럼 느껴지기도 한다. 이
2기의 불상이 자리를 박차고 일어서는 날 새로운 세상이 열린
다는 이야기를 간직한 와불이다. 운주사에서는 오묘한 석조
물들과 그와 관련한 신비로운 이야기에 금방 눈과 귀를 빼앗
겨 버리고 만다. 보면 볼수록 오묘하고 들으면 들을수록 궁금
증은 더해간다. 운주사는 여전히 수많은 수수께끼를 품고 있
는 신비스러운 조각정원이다.

14

강진 김영랑 생가와 정원

김영랑 생가에 핀 아름다운 모란과 〈모란이 피기까지는〉이라는
시가 새겨진 바위에 제일 먼저 눈길이 간다.

모란이 피기까지는
나는 아즉 나의 봄을 기둘리고 잇슬테요
모란이 뚝뚝 떠러져버린 날
나는 비로소 봄을 여흰 서름에 잠길테요
五月 어느날 그하로 무덥든 날
떠러저 누은 꽃닙마저 시드러버리고는
천지에 모란은 자최도 업서지고
뻐처 오르든 내보람 서운케 문허졌느니
모란이 지고 말면 그뿐
내 한해는 다 가고 말아
三百예순날 하냥 섭섭해 우옵내다
모란이 피기까지는
나는 아즉 기둘리고 잇슬테요
찰란한 설음의 봄을

모란꽃 향기 가득한 강진 영랑생가

서정시의 대가, 향토적 민족시인, 낭만시객, 이는 김영랑의 이름 앞에 붙여지는 수식어들이다. 그가 얼마나 탁월한 재능을 가진 시인이었는가를 잘 말해 주고 있다. 또 남南영랑, 북北소월이라고 부르며 서정시로 쌍벽을 이룬 두 거목을 함께 거론하기도 한다.

영랑은 시대적 어려움과 개인의 아픔이 더해져 결코 순탄치 않은 삶을 살았지만 마음 속 깊은 곳에서 우러나오는 순수함과 서정적 감성만큼은 수많은 사람들의 탄성을 자아내게 한다. 불의에는 단호함을 보이는 반면, 당시 세계적인 프랑스 여배우 미뇽Mignon의 사진을 보고 감격하여 눈물을 흘렸을 만큼 성품이 여러 감정의 스펙트럼이 매우 넓은 보기 드문 감성 천재라 할 수 있다. 시인 덕에 이제 모란꽃은 정원에서 자라는 아름다운 꽃 가운데 하나에 불과한 것이 아니라 해마다 봄이 되면, 아니 모란이 꽃을 피울 때가 되면 그의 시를 생각하게 하고 그의 생가로 마음을 향하게 하는 마성의 꽃이 되었다.

시인 김영랑의 생가가 있는 전남 강진, 이곳은 일찍이 유홍준의 《나의 문화유산 답사기》에서 남도답사1번지로 소개되어 더욱 유명세를 탔는데, 다산 정약용의 체취를 느낄 수 있는 다산초당과 백련사 등이 있다. 또 근면과 검소함으로 유명한 다산의 제자 황상의 일속산방一粟山房과 삼근계三勤戒에 얽힌 이야기도 접할 수 있다. 뿐만 아니라 조선 최고의 별서정원別墅庭園 가운데 하나인 월출산을 배경으로 한 백운동정원白雲洞庭園도 만나볼 수 있다. 거기에 영랑 덕분에 가슴 뭉클한 감성여행에 대한 기대감을 높이고 있어 금상첨화다.

강진에 진입하면 거리 곳곳에서 모란공원, 모란상회, 모란미용실, 그리고 영랑사진관, 영랑다방, 영랑화랑 등 특정장소나 상점이름을 시인과 관련짓고 있는 것을 어렵지 않게 발견할 수 있다. 강진 사람들이 얼마나 그를 자랑스러워하고 흠모하고 있는지 짐작할 수 있는 대목이다. 군청 옆 골목길로 터벅터벅 걸어 올라가다 보면 고즈넉한 초가집이 눈에 들어온다. 바로 그가 태어난 곳이자 창작의 산실이다. 마당 한쪽에 자리 잡은 장독대도 소담스럽고 드문드문 식재되어 있는 유실수도 정겨운 풍경이다. 또 같은 시기에 꽃을 피우는 목련이나 철쭉도 보기 좋다. 하지만 해마다 봄이면 대문 초입부와 마당 여기저기에 피고 지는 모란이야말로 이 생가를 대표하는 풍경이 되고 있다. 모란이 없는 생가를 상상할 수 없고 〈모란이 피기까지는〉이라는 시를 빼놓고 영랑을 얘기할 수 없다. 영랑생가는 눈으로 보고 코로 향기를 맡으며 동시에 머리로 시구절을 떠올리며 가슴으로 감성에 푹 빠져들게 하는 흔치 않은 서정적인 풍경이다. 영랑생가의 모란은 그 자체만으로도 훌륭한 정원이자 또 하나의 문학이다. 〈모란이 피기까지는〉은 그토록 모란꽃이 피기만을 고대하던 절절함과 잠시 피었다 져버린 꽃을 지켜보며 감출 수 없는 허탈함을 애잔하게 노래한 시다. 시대적 상황과 자신의 처지를 모란에 빗대어 한껏 서러워하고 있다. '찬란한 슬픔의 봄'을 기다리겠다며 희망의 끈을 놓지 않는 모습이 더욱 가슴 저리게 한다.

영랑의 사랑이야기를 듣고 나면 그의 '찬란한 슬픔'은 젊은 날 이루지 못한 사랑의 비극도 한몫했겠구나 하는 생각이 든다. 그의 마음을 사로잡은 여인은 우리가 익히 알고 있는 당대 최고의 춤꾼으로 알려진 무용가 최승희崔承喜, 1911-69다. 최승희는 추곡 최승일의 여동생이다. 사실 영랑은 14세라는 어린 나이에 한 번 결혼을 했었다. 결혼한 지 불과 1년 만에 상처喪妻하게 되었다. 그 후 그는 서울 휘문의숙(지금의 휘문고)에 다니다 일본으로 유학을 떠났다. 거기서 최승일을 만나게 된다.

관동대지진 영향으로 유학생활을 정리하고 귀국한 후 두 사람은 계속해서 교분을 나누었다. 영랑이 강진에 기거하면서 서울 나들이할 때마다 주로 최승일의 집에서 유숙하게 되면서 자연스럽게 최승희와 가까워지게 되었다. 그녀가 숙명여학교 2학년이었으니 겨우 14세에 불과했지만 예쁘고 성숙한 외모로 영랑의 마음을 사로잡았던 것 같다. 당시 영랑은 22세였다. 오빠 친구인 영랑의 문학적 감성에 최승희의 마음도 움직였고 둘 사이는 마침내 결혼을 약속할 정도로 발전했다. 하지만 두 집안의 반대로 이들의 사랑은 끝내 이루어지지 못했다. 영랑의 집안에서는 "경성의 신여성은 우리 가문과 어울리지 않는다"며 반대를 했고, 또 최승희 집안에서는 영랑의 지방색을 이유로 반대했던 모양이다. 이런 아픈 사랑의 기억을 뒤로 하고 최승희는 일본으로 건너가 당대 최고의 무용수 길을 걸었고, 영랑은 허전한 마음을 그나마 시로 채울 수 있었을 것이다. '찬란한 슬픔의 봄'은 해마다 그의 가슴을 아리게 하지 않았을까 싶다.

그는 모란이 피는 봄이 되면 좋아하는 음주가무를 멀리하고 그저 모란을 가까이하며 지냈다고 한다. 가장 화려하게 피어나는 꽃을 보면서 그 진한 향기만큼이나 깊은 슬픔을 견뎌내는 것이 그만의 독특한 방법이었는지 모르겠다. 그는 집 뜰에

영랑생가의 모란은 여느 모란과는 달리 특별하게 다가온다.

300여 그루의 모란을 심어 정성껏 가꾸고 활짝 피기만을 기다리며 오롯이 지냈다고 한다. 그는 1930년 박용철과 함께 〈시문학〉을 창간하면서 순수시의 시대를 열었고, 이후 20여 년간 향토적이고 미학적인 시를 연달아 발표하며 창작에 몰두하였다. 그 후 9 · 28 서울 수복 때 포탄 파편에 맞아 삶을 마감한 것으로 전해진다. 혹자는 "인생은 짧고 예술은 길다"고 하였다. 영랑은 비록 짧은 생을 살다 갔지만 그가 남긴 작품들은 여전히 많은 사람들에게 감동을 주고 사유의 기쁨을 누리게 하고 있다. 그래서 영랑생가의 모란은 그저 단순한 꽃이 아니다. 그 자체가 하나의 문학정원이다. 시대적 아픔과 젊은 시인의 애절한 사랑 이야기를 담고 있는 아주 특별한 표상이다.

풍경으로 읽는 시

김영랑金永郎, 1903-50 시인의 본명은 윤식允植으로 전라남도 강진에서 출생하였다. 부유한 가정에서 태어나 한학을 공부하면서 자랐는데, 문학은 물론이고 예체능에도 탁월한 재능을 보였다고 한다. 성악을 비롯하여 국악, 서양음악에 이르기까지 두루 섭렵한 것으로 알려지고 있다. 당시 임방울, 박초월 등 명창들과 어울리면서 북鼓 장단을 맞출 정도였다고 하니 가히 짐작할 만하다.

그런 그의 재능이 순탄하게 꽃을 피우기에는 당시 어른들의 예술에 대한 인식이나 시대적 상황이 녹록치 않았다. 1917년 휘문의숙에 입학, 3·1운동 때에는 강진에서 의거를 도모하려다 일본경찰에 체포되어 6개월 간 옥고를 치른 적도 있다. 이듬해 일본으로 건너가 아오야마靑山 학원에 입학하여 중

학부와 영문과를 거치는 동안 C. G. 로세티 Christina Georgina Rossetti, 1830-94, J. 키츠 John Keats, 1795-1821 등의 시를 탐독하면서 서정시의 세계를 넓힌 것으로 전해진다.

역사적으로 수많은 화가와 시인들이 꽃을 매개로 희로애락을 담아 의미 부여하며 노래해 왔다. 봄에 피는 꽃으로는 매화와 모란, 여름에는 수국과 장미, 가을에는 국화와 코스모스, 그리고 겨울에는 동백꽃 등이 있다. 꽃들은 제 나름대로의 향기와 색깔로 자신을 어필한다. 그래서 꽃 주위엔 곤충이건 사람이건 늘 그 주위를 맴돈다. 지금은 온실에서 키워낸 꽃들이 있어 계절을 불문하고 감상할 수 있지만, 제철 음식이 제맛이듯 제철에 피는 꽃이 아름다운 것은 두말할 필요 없다. 이 봄이 다 가기 전에 그의 생가 앞에 서서 찬찬히 그의 감성 넘치는 시 한 수 읊어보는 것은 어떨지.

모란이 피기까지는
나는 아직 나의 봄을 기둘리고 있을 테요
모란이 뚝뚝 떨어져버린 날
나는 비로소 봄을 여읜 설움에 잠길 테요
오월 어느 날, 그 하루 무덥던 날
떨어져 누운 꽃잎마저 시들어 버리고는

천지에 모란은 자취도 없어지고
뻗쳐 오르던 내 보람 서운케 무너졌느니
모란이 지고 말면 그뿐, 내 한 해는 다가고 말아
삼백 예순 날 하냥 섭섭해 우옵네다
모란이 피기까지는
나는 아직 기둘리고 있을 테요, 찬란한 슬픔의 봄을.*

　이 시는 모란이 떨어져 버린 오월 어느 날 자신의 마음에 웅크리고 있던 비탄과 상실의 감정을 이입시켜 리얼하게 묘사하고 있다. '뚝뚝'이라는 의성어를 통해 모란이 무정하게 떨어져 버리는 정경을 시각적인 풍경과 더불어 청각적인 효과를 더하며 더욱 극대화하고 있다. '떨어져 누운 꽃잎마저 시들어 버리고는'이라는 표현을 통해 처절한 심경을 토해내고 있다. 당시의 시대상황, 자신의 심경 등을 모란꽃에 이입시켜 이렇게 찬란한 시를 창조해낸 것에 대한 경외감을 표하지 않을 수 없다. 모란꽃이 핀 영랑생가는 수많은 꽃과 나무들로 가득한 어떤 정원보다도 훨씬 강렬한 감동을 안긴다.

* 김영랑 저, 《영랑시집》, 〈모란이 피기까지는〉, p.68, 2009, 동아일보사.

15

고흥 소록도

'염원-소록도의 꿈'이라는 제목으로 옹벽에 그려진 벽화는 소록도 주민,
국립소록도병원 임직원 등 450여 명의 얼굴을 담고 있다.

질곡의 근대사를 보듬은 천사의 정원, 소록도

　고흥반도 남서쪽 끝자락에는 크고 작은 화물선과 어선들이 드나드는 정겨운 항구 녹동항이 자리 잡고 있다. 관광객이나 낚시꾼들에게 더 알려질 정도로 아름다운 국립다도해해상공원과 각종 신선한 해산물로 유명한 곳이다. 항구에서 손을 뻗으면 닿을 것만 같은 지근거리에 조그만 섬 하나가 있는데 바로 소록도小鹿島다. 작은 사슴을 닮은 아름다운 이 섬은 오랫동안 고립된 채 한恨의 역사를 차곡차곡 쌓아 왔다. 2009년 소록대교가 개통하여 섬의 출입이 한결 자유로워졌지만 이곳에 살고 있는 분들도 과연 그렇게 느낄지 자못 궁금해진다.

　소록도에 대한 이야기를 꺼내기 시작하면 십중팔구는 한센병 환자들을 떠올릴 것이다. 그도 그럴 것이 소록도에는 현재 한센병 환자들이 살고 있고 그들을 진료하고 보호하기 위해 설립된 국립소록도병원이 있기 때문이다. 여기에는 입원환자와 직원 및 가족, 그리고 병원에 직간접적으로 관여하는 일부 사람들만이 제한적으로 거주하고 있어 섬 전체가 병원이라고 해도 과언이 아니다. 아름다운 해안을 끼고 그 안에 학교, 성당, 우체국, 매점, 운동장, 공원 등을 고루 갖추고 있어 외견상 여느 공동체와 다를 바 없어 보인다. 그러나 소록도자료관, 한센병박물관 등을 둘러보고 나면 생각이 완전히 바뀐다. 이곳이 어떤 곳이고 또 그동안 한센인들이 어떤 세월을 살아왔는지 생생하게 보여주고 조목조목 들려준다. 돌멩이 하나, 나무 한 그루, 오래된 건축물의 벽돌 한 장에도 말로 형언할 수 없는 삶의 애환이 고스란히 담겨 있음을 알게 된다.

소록도병원 입구에 들어서자마자 '수탄장^{愁嘆場}'으로 불리는 만남의 장소를 접하게 된다. 지금은 진입로와 해안산책길로 이용되고 있지만, 당시에는 부모들과 자녀들이 도로 양옆으로 갈라선 채 일정한 거리를 두고 월 1회 눈으로만 만나야 했던 탄식의 장소다. 또 한참을 걷다 보면 환자들의 인권유린 현장이었던 검시실(문화재청 등록문화재 제66호)과 감금실(등록문화재 제67호) 등이 생생하게 보존되어 당시의 상황이 얼마나 처절했는지 짐작하게 한다.

반면 먹먹했던 가슴에 잔잔한 감동을 주는 이야기도 있다. 소록도에서 43년간 환자들을 보살피며 사랑을 실천한 천사표 마리안느와 마가렛의 아름다운 사연을 만날 수 있다. 또 소록

소록도의 역사를 담고 있는 자료관으로 가는 길.

도의 한을 이야기로 풀어 예술로 승화시킨 '염원-소록의 꿈'
이라는 제목의 옹벽에 그린 대형 벽화도 있다. 211제곱미터
(110×3.05미터) 면적의 대리석 위에 음각 후 상감기법으로 채
색한 벽화는 국민들의 모금과 재능기부 등으로 그려졌는데 소
록도의 과거와 현재, 그리고 미래를 형상화하고 있다. 소록도
병원은 일찍이 1916년 조선총독부령에 의해 설립된 소록도 자
혜원으로 시작되어, 1968년에는 '국립나병원'으로 개칭하였

다가 1982년 '국립소록도병원'으로 이름을 바꿔 오늘에 이르고 있다. 소록도는 지금까지 숱한 아픔과 시련, 분노와 원망이 혼재된 슬픔의 섬이자 한의 상징이었다. 그러나 이 섬을 자세히 들여다보면 인내와 희망, 그리고 헌신과 사랑이 있었으며 자유를 갈망하는 시와 노래가 있었다. 게다가 처절하리만큼 고통스러웠던 질곡의 역사를 숙명처럼 여기며 예술로 승화하려했던 긍정의 역사를 엿볼 수 있다.

하늘에서 내려다본 모습이 작은 사슴을 닮았다는 소록도, 사슴을 닮아 슬퍼 보이는 것인지 왠지 소록도는 온갖 세상 죄를 대신하여 십자가를 짊어졌던 그리스도를 떠올리게 할 만큼 참 많이 닮았다는 생각이 든다. 작가 이청준은 《당신들의 천국》(1976)에서 누구나 꺼려할 법한 소록도 이야기를 기꺼이 꺼내든다. 그리고 소록도에 대해 세상 사람들이 가져야 할 시선과 덕목으로 신뢰와 사랑을 제시한다. 작가가 전하고자 하는 메시지는 소설 말미에 등장한다. 건강한 사람으로서 한센병 환자 아이들을 가르치던 서미연 선생과 환자 출신 윤해원의 결혼이 그려진다.* 아마도 작가는 사랑의 결실인 결혼식 장면을 통해 진정한 공동체는 신뢰와 사랑이 바탕이 되어야 함

* 이청준 저, 《당신들의 천국》(이청준 전집 11), pp.485-496, 2020, 문학과 지성사.

을 말하고 싶었던 것 같다. 아무리 '낙원'을 만들어 주겠다고
외칠지라도 서로에 대한 신뢰와 사랑이 없다면 공허한 외침에
지나지 않을 것이다. 그런 의미에서 소록도는 마치 세상의 축
소판, 인생의 단면을 보여주고 있는 것 같다. 소록도를 '희망
의 정원', '사랑의 정원'으로 가꾸어 가는 것은 지금 현재를 살
아가는 우리들의 몫이 아닐까 생각해 본다.

중앙공원, 천사의 정원을 꿈꾸다

정원이나 공원은 원래 장소를 아름답게 하거나 그곳을 이용
하는 사람들에게 위로와 기쁨을 주는 공간이다. 그러나 소록
도의 중앙공원은 다르다. 달라도 너무 다르다. 그들이 피와 땀
으로 조성한 정원이지만, 정작 자신들은 정원이 주는 혜택을
제대로 누리지 못했다. 오히려 공원 구석구석에 배어 있는 슬
픔의 흔적은 보는 이로 하여금 깊은 한숨을 몰아쉬게 한다.

중앙공원은 1935년 10일 내탕금 5000원이 교부되어 환자들
의 위안과 오락설비 및 교양시설로 사용하고자 계획하고, 환
자오락실 1동(현 중앙교회 옆 도로 건너편, 1997년 5월 27일 철거)
과 각 병사부락의 전망 좋은 곳에 9개소 및 1934년부터 환자

중앙공원에 건립된 소록도의 상징인 구라탑으로, '한센인을 구한다'는 의미다.

위안장으로 가꾸어 오던 산책공간을 대유원지(현 중앙공원의 시초)로 만들어 1936년 12월 1일 준공했다. 1939년 제3차 확장이 끝나자 또 다른 환자 위안장을 위한 대공원 조성계획이 수립되었다. 일본 교토에서 마쓰오松尾라는 원예사를 불러 1939년 12월 1일 공사에 착수했고 설계는 교토에 있는 일등원一燈園의 정원사 호리기리堀切가 담당했다. 그런데 공사는 순탄치 않았다. 계속된 강제노역으로 만신창이가 된 환자들을 무리

하게 공사에 동원한 것이다. 과연 누구를 위한 정원인지 알 수
없었다. 저항할 기력도 없는 환자들은 완전히 노예처럼 동원
되어 산을 깎아 낮은 곳을 메우고 나무와 돌을 날라야 했다.
돌을 메고 가다 쓰러지면 채찍으로 후려갈겼고 다시 걷다가
쓰러지면 가혹한 매질에 죽는 사람도 발생했다고 한다. 이렇
게 많은 희생자를 내면서도 공사는 그칠 줄 몰랐고 완도, 득
량 등지에서 운반되어 온 기암괴석과 일본, 대만 등지에서 수
목들이 반입되었으며 공원 모퉁이에는 작은 연못도 조성하였
다. 환자들의 피와 땀, 한과 눈물로 1940년 4월 1일 마침내 공
원을 완성하게 된다. 1962년에 공원 옆 벽돌 가마터 일원 약
4000제곱미터를 공원부지로 추가하여 현재의 모습을 갖추게
되었다.

소록도의 상징은 중앙공원이고 중앙공원의 상징은 구라
탑求癩塔이다. 이는 '한센인을 구한다'는 뜻으로 1963년 8월 국
제 워크캠프International Work Camp 단원들이 세운 기념탑으로 미카
엘 천사장이 사탄을 밟고 창으로 찌르는 형상으로 '현대의학
은 능히 한센병을 무찌르고 정복한다'는 의지를 담고 있다.
또한 오스트리아 간호사 세 명(Marianne Stoeger, Margarta Pisarek,
Maria Ditrich)의 봉사활동을 기념하는 공적비가 있는데 이는 세
분의 이름의 첫 글자를 따서 세마비 혹은 3M이라고 부르기도

한다. 그밖에도 한하운 시비詩碑가 있는데 이 시비는 비라기보다는 반석으로 보이는데, 4대 스오周防 원장 재임시절 자기 동상을 세워놓고 매월 20일을 보은감사일로 정해 모든 환자들로부터 참배를 받고 훈시를 했던 연단으로 사용했던 곳이다. 1972년 5월 17일 개원 56주년을 기념하여 한센병 환자 시인 한하운韓何雲의 〈보리피리〉라는 시를 새김으로써 한하운 시비라는 이름이 붙여졌다.

이 처럼 중앙공원은 소록도의 역사를 축약해서 보여주며 숱한 이야기를 담고 있다. 일반 공원에서 쉽게 볼 수 없는 오래된 수목들과 수려한 풍경도 만날 수 있다. 그러나 잘 가꾸어진 정원 풍경을 보면서도 아름답다는 표현을 주저하게 된다. 이 정원이 한센병 환우들의 처절한 희생과 고통으로 빚어진 것을 알고 있기 때문이다. 그런 의미에서 중앙공원은 이제 단순한 기념공원이 아니라, 소통의 꽃향기와 사랑의 열매로 가득한 '천사天使의 정원'으로 다함께 가꾸어 갔으면 하는 바람이다.

16

고흥 쑥섬정원

고흥 쑥섬에 여름이 왔고 수국이 미소로 화답하고 있다.

전라남도 민간정원 제1호 쑥섬, 애도를 아시나요?

  "'고흥'하면 생각나는 곳이 어딘가요?"
  어떤 사람은 나로도 우주센터를 떠올릴 수도 있고, 또 다른 사람은 소록도라고 대답하는 사람도 있을 것이다. 최근 고흥을 대표할 만한 장소로 급부상하고 있는 화제의 명소가 하나 더 있다. 바로 '힐링파크 쑥섬쑥섬'으로 알려져 있는 애도艾島를 두고 하는 말이다.
  애도는 행정자치부와 한국관광공사가 공동 주관한 '2016 대한민국 가고 싶은 섬 33'에 선정되어 주목을 받은 바 있다. 최근 다시 세간의 주목을 받고 있는데 이는 전라남도가 역점사업으로 추진하고 있는 '정원도시 전남'의 실천사업 일환으로 '민간정원 제1호'로 쑥섬 애도를 지정하면서부터다. 전라남도가 수려한 남도 풍경을 잘 보존하고 생활환경을 쾌적하고 아름다운 정원처럼 가꾸어 가겠다는 의지를 보여준 점도 칭찬할 만하고, 무엇보다 정원문화 확산을 위해 첫걸음을 내딛었다

깎아지른 듯 자연이 정교하게 빚은 쑥섬 해안 풍경.

는 점에서 큰 의의를 찾을 수 있다. 그런 의미에서 애도가 전라남도 민간정원 제1호로 지정된 것은 참으로 경사스러운 일이고 크게 축하할 만한 일이다.

애도는 쑥 애艾와 섬 도島가 합쳐져 붙여진 이름이다. 오래전부터 이 섬에 질 좋은 쑥이 많았던 것에 연유한 것으로 알려지고 있다. 이 섬은 고흥군 봉래면 사양리로 나로도항 바로 앞에 위치해 있다. 나로우주센터로 가는 길목이기도 하다. 나로도항(축정항)에서 배로 약 3분 정도면 도착할 수 있는 거리에 위치해 있는데 손에 잡힐 듯 섬 전체가 한눈에 들어오는 아주 친근한 섬이다. 섬의 규모도 그리 크지 않다. 면적은 0.326제곱킬로미터, 해안선 길이 3.2킬로미터로 섬 모양이 소가 누워 있는 와우臥牛 형상을 하고 있다. 배를 타고 가면서 보면 마치 악어가 엎드려 있는 모습으로 바로 옆의 거북 형상의 섬과 마주하고 있는 것처럼 보인다.

이 섬에 사람이 살기 시작한 것은 조선 인조 때로 처음 박씨가 들어온 후, 고씨, 명씨가 차례로 들어오면서 함께 어울려 산 것으로 알려져 있다. 1970년대에는 70여 가구 300여 명이 거주한 적도 있었는데 현재는 15가구 30명의 주민만이 살고 있다. 이 마을의 자랑거리는 강한 공동체의식과 서로를 배려하는 끈끈한 정이라고 한다. 내 일 네 일 따지지 않고 상부

상조하며 지내 왔는데, 함께 만든 마을규약을 누구도 어기지 않고 잘 지켜 왔다고 한다. 대표적인 실천사례로 이 섬에는 무덤이 하나도 없다는 점을 들고 있다. 만약 이 규약이 지켜지지 않았다면 마을 뒷산은 이미 무덤산이 되었을지도 모른다. 그리고 마을 뒷산 숲속에 당집을 지어 제사 때 이외에는 사람들의 출입을 금했다고 한다. 풍어와 안전, 가족의 건강을 기원하는 것이 주목적이었겠지만, 결과적으로 숲을 소중히 여긴 덕분에 지금 아름드리 난대림을 지키게 되었는데 이를 통해 자연과 더불어 살고자 했던 주민들의 순박한 마음과 삶의 지혜를 엿볼 수 있는 대목이 아닌가 싶다. 당산제와 관련하여 흥미로운 이야기도 전해진다. 이 섬에는 개와 닭이 없는데 신성한 제사에 방해된다는 이유로 소리 내는 가축을 기르지 않았다고 한다. 늘 풍랑과 같은 자연재해에 노출되어 있고 자연에 의지해 살 수밖에 없는 섬사람들의 삶의 애환이 서려 있는 이야기라서 애잔한 마음마저 든다.

애도는 작은 섬이지만 볼거리는 풍부하다. 노을 풍경과 어우러질 때 가장 아름답다는 성화모양을 닮은 성화등대, 쑥섬 아낙네들의 놀이터 역할을 했던 우끄터리 쌍우물, 200-300년은 족히 되어 보인 동백숲길, 마을을 휘감아 도는 암석정원 해안길(일명 사랑의 돌담길) 등이 있다. 또 마을의 선남선녀가 산

봄 향기 가득한 쑥섬의 정원. 해를 거듭할수록 진화하고 있다.

책하며 데이트를 즐겼던 여자산포바위, 남자산포바위 등도 볼
거리다. 여기서 산포는 아마도 '산책하다'는 의미의 일본어
'산뽀散步'에서 비롯된 것으로 보인다. 무엇보다 이 섬의 상징
공간이라고 할 수 있는 곳은 뭐니 뭐니 해도 산 정상에 가꾸어
놓은 바다 위 비밀정원인 별정원이 아닌가 싶다. 세련되거나
정교하게 꾸며진 정원은 아니지만 300여 가지의 꽃이 사계절
옷을 바꿔 입어가면서 자연의 아름다움을 뽐내는 정원은 이

섬과 꽤나 잘 어울리는 소박한 정원이다.

애도는 돌담이 예쁘고 아늑한 섬마을과 여느 섬에 비해 식생이 잘 발달되어 있어 가족단위나 체험학습을 목적으로 한나절 자연을 탐방하기에 더 없이 좋은 여건을 갖추고 있다. 탐방로를 걷다 보면 원시림을 방불케 할 만큼 잘 보존된 수림대도 만날 수 있고 가끔 도시의 화원花園에서나 만날 수 있는 야생화들을 실컷 눈요기할 수 있다. 누워 있는 여성의 모습과 할머니 가슴을 닮았다 하여 할머니 당산나무라는 이름이 붙여진 후박나무를 비롯하여 수피가 얼룩무늬처럼 생겼다고 하여 해병대나무라고 부르는 육박나무, 부부의 금슬을 좋게 하는 합환수인 자귀나무 등이 유명하다. 그밖에 난대원시림 정글 속에 들어와 있는 것처럼 착각하게 만드는 푸조나무, 팽나무, 구실잣나무, 동백나무 등이 있다. 그리고 탐방로 주변에서 어렵지 않게 만날 수 있는 할미꽃, 수선화, 산자고, 마삭줄, 복수초, 금어초, 구절초 등과 이름조차 알 수 없는 수많은 야생화들이 수줍은 표정으로 조심스럽게 말을 건네는 듯하다. 이 섬에서는 등산하듯 탐방로를 올라가서는 안 된다. 탐방로 중간 중간에 나무에 대한 설명과 더불어 자연과 사랑, 꿈 등에 관한 채근담이나 좋은 글귀들이 적힌 목판을 만날 수 있어 깨알 같은 재미를 더해 준다.

주민들이 마을 공터를 정원으로 가꾸고 있다.

탐방로에서 빽빽한 나무들 틈새로 조망되는 남해의 쪽빛 바다와 정교하게 다듬어진 분경盆景 같은 섬들이 한데 어우러져 이루어낸 풍경은 참으로 일품이다. 마치 한 폭의 남종화를 훔쳐보는 것처럼 묘한 쾌감을 느끼게 한다. 마침내 산 정상에 오르면 나로도항은 물론이고 사방으로 펼쳐진 푸른 다도해 전경을 한눈에 조망할 수 있어 이 섬의 가치를 더하고 있다. 묵은 일상의 찌든 때를 말끔히 씻어주듯 후련하고 상쾌해진다.

저절로 힐링이 되는 느낌이다. 말하자면 안구정화를 제대로 할 수 있는데 눈 호강은 이를 두고 하는 말이 아닐까 하는 생각이 들 정도다.

섬을 가꾸는 사람들, 정원을 닮은 사람들

애도 사람들은 참 표정이 밝고 순박하다. 사람들과 자연을 번갈아보면 왠지 모르게 서로 많이 닮았다는 생각이 든다. 그들의 얼굴에서 오랜 풍파를 견디며 푸른 이끼를 키운 돌담 같은 너그러움이 묻어나고, 이름 모를 야생화처럼 소박한 아름다움도 느껴진다. 어디 그뿐이랴 수백 년 일궈 온 다랑논처럼 자연에 순응하며 사는 구수함도 엿볼 수 있다. 이 섬이 아름다운 것은 이곳에 사는 사람들의 자연에 대한 배려와 더불어 살고자 하는 공동체에 대한 올곧은 심성의 결과라는 생각이 든다. 어쩌면 자연에 순응하고 자연을 가꾸는 일은 자신들을 위해서도 좋은 일이지만 후손들에 대한 배려와 최소한의 예의가 아닌가 하는 생각이 든다. 성서에 보면 "하나님이 그 사람을 이끌어 에덴동산에 두사 그것을 다스리며 지키게 하시고(창세기 2장 15절)"라는 얘기가 나온다. 사실 에덴동산은 우리가 동

쑥섬의 정원지기 김상현, 고채훈 부부가 소소한 정원 이야기를 들려주고 있다.

경하며 가꾸고자 하는 정원의 원형이라고 할 수 있다. 지금 당
장 내가 소유하고 있거나 살고 있다고 해서 내 본위대로 해서
는 안 된다는 의미일 것이다. 어쩌면 애도 사람들은 그런 취지
에 가장 부합한 사람들이 아닌가 하는 생각이 든다.

그런 점에서 이 섬이 주목을 받고 전라남도 민간정원 제1호
로 지정되기까지 오랫동안 땀과 열정을 쏟아 온 쑥섬지기 김
상현, 고채훈 부부 이야기를 빼놓을 수 없을 것 같다. 김상현

씨는 인근 중학교에서 교사로 재직 중이며 아내 고채훈 씨는 약국을 운영하는 약사다. 처음부터 정원에 관심이 있었던 것은 아니라고 한다. 당초 사회복지사업에 관심이 많아서 이를 실현해 가는 과정에서 정원의 매력에 흠뻑 빠져들게 되었다고 한다. 16년 전 이 섬에 첫발을 들여놓은 후 돈이 생길 때마다 조금씩 이곳의 땅을 매입했다. 그래서 처음엔 마을 사람들이 의심의 눈초리를 보내기도 했었는데, 차츰 이들의 진정성을 이해하게 되었고 이들의 꿈에 마을 사람들도 동참하게 된 것이다. 요즘도 이 부부는 마을 주민의 관심사와 현안에 누구보다 솔선수범하고 사소한 일이라도 주민들과 협의하여 차근차근 추진한다고 한다.

이 부부는 바람이 불거나 눈이 오거나 뙤약볕이 내리쬐는 날이라도 상관없이 주말이나 방학, 시간이 허락되는 한 세상에서 가장 아름다운 낙원이 될 때까지 숲을 지키고 마을과 정원을 가꾸겠다고 해맑게 웃는다. 정원 가꾸는 일에 흠뻑 취해 있는 이 부부를 보면서 행복이란 이런 것이 아닐까라는 생각이 들었다. 무엇보다 이 부부가 정원을 참 많이 닮아 가는구나라는 생각을 문득 하게 되었다.

17

곡성 기차마을과 장미정원

폐선 부지를 활용하여 '관광열차'를 운영하는 곡성 '기차마을' 풍경(곡성군 제공).

정원은 과거를 품고, 기차는 추억을 나른다

　섬진강변 청정지역에 자리 잡은 곡성에 가면 꽤 흥미로운
장소를 만날 수 있다. 영화 〈곡성〉 덕분에 좀 더 알려지게 되
었는데, 다름 아닌 '기차마을'과 '장미정원'이다. 이곳은 이제
곡성의 얼굴이라고 할 만큼 지역 대표 브랜드로 자리 잡아가
고 있다. 대체 어떤 곳이기에 호들갑이냐고 반문할 수도 있겠
지만, 최근 연인이나 가족동반 관광객들이 즐겨 찾는 장소로
주목받고 있다.

　기차마을은 1998년 전라선 철도가 복선화하면서 불가피하
게 노선이 변경되어 한때 철거 위기에 놓였던 구간이다. 그로
인해 생긴 옛 곡성역의 역사驛舍와 선로 등을 활용하여 꾸며 놓
은 일종의 관광 테마파크다. 이곳을 곡성군이 매입하여 기차
를 주제로 한 위락공간으로 조성하였는데, 옛 곡성역에서 가
정역까지 약 10킬로미터를 관광용 증기기관차 등 체험 프로
그램을 운영하며 많은 인기를 얻고 있다. 곡성군은 1999년 4

관광객들이 미니 관광열차를 타고 섬진강 풍경을 만끽하고 있다.

월부터 '치포치포 섬진강 나들이 관광열차' 행사를 시작으로 꾸준히 발전시켜 온 결과, 기차마을은 섬진강변의 대표 관광 명소로 자리매김하게 되었다. 비록 10킬로미터에 불과한 길지 않은 거리이지만 증기를 내뿜고 달리는 기차를 이용하면서 마치 시간을 거슬러 올라가는 것 같은 기분을 맛볼 수 있다. 기차마을에는 증기기관차 외에도 510미터 구간의 철로자전거, 하늘자전거, 실제 강변을 끼고 국도를 달리는 하이킹 등을 통해 섬진강변의 맑은 공기와 수려한 풍경을 만끽할 수 있는 곳이다.

　사실 증기기관차와 정원은 전혀 어울릴 것 같지 않은 다소 생뚱맞은 조합으로 느껴질 수도 있지만 나름 인연이 깊다. 증기기관차는 산업혁명의 시작을 알렸던 상징적인 존재일 뿐 아니라 과학기술 발전의 일대 전기를 마련한 획기적인 시대적 산물이다. 반면 정원은 산업혁명 이후 도시의 폐해로 인해 등장한 정원도시운동의 핵심 키워드였다는 점에서 흥미를 가질 만하다. 그런 면에서 기차마을과 장미정원은 매우 이색적이면서도 흥미로운 만남이다. 산업혁명은 도시구조뿐 아니라 도시민들의 생활양식 전반에 걸쳐 지대한 영향을 끼쳤다. 지금 대부분의 도시들은 이런 산업적 발상의 토대 위에서 형성되었다. 대량생산과 물류 등의 효율을 높이기 위해 조성된 산업단지, 토지의 경제성을 따지며 건축된 고층 건물, 그리고 신속한 물류이동을 위한 직선도로 등은 산업도시의 훈장처럼 여겨 왔다. 이들은 산업 활성화를 위해 최적화된 도시 형태일지는 모르겠지만, 그로 인해 도시 녹지나 경관훼손, 환경오염은 더욱 심각해지고, 시민들의 공동체나 보행환경 등도 훨씬 악화되고 말았다. 이런 상황에서 산업혁명을 주도했던 영국을 중심으로 한 유럽에서는 이런 도시의 폐해에 대해 문제를 제기하기 시

곡성 기차마을 최고 이벤트인 장미축제를 즐기는 풍경.

작했는데, 이때 등장한 것이 바로 정원도시운동이다.

　정원도시Garden City는 영국의 개혁적 사상가 에벤에저 하워드 Ebenezer Howard의 저서인 《Garden Cities of Tomorrow》(1898년)를 통해 시작되었는데 우리에게는 《내일의 전원도시》로 번역되어 소개되었다. 여기서 하워드는 20세기 초 도시화, 산업화로 인한 영국의 도시문제에 천착하고 인구과잉문제, 환경문제, 사회문제 등의 해결방안을 모색하는 가운데 정원도시 조성을 제안하게 되었다. 하워드의 전원도시 개념은 영국의 레치워스Letchworth에서부터 실용화되기 시작하여 네덜란드의 힐버섬Hilevrsome과 독일의 암마인Frankfurt Am Main 등 유럽의 신도시를 비롯, 미국의 래드번Radburn, 일본의 전원조후田園調布, 우리나라의 일산·분당을 비롯한 각 지방의 신도시들에 이르기까지 세계 각국의 신도시 건설에 지대한 영향을 미쳤다.

곡성의 기차마을은 '기차'와 '정원'이라는 이색적인 두 개의 주제가 융합된 참으로 흥미로운 장소다. 증기기관차로 대표되는 산업혁명이 풍요와 편리함의 상징이라면, 그 폐해로 등장한 정원도시는 진정으로 행복한 삶이 무엇인가를 반추하는 계기가 되었다. 기차와 정원은 우리 삶에 필요한 동전의 양면 같은 존재라고 할 수 있다. 중요한 것은 어떻게 조화를 이루며 실제 삶에 적용하느냐의 문제다. 그런 의미에서 곡성의 '기차마을'과 '장미정원'은 지역의 성장동력이라는 동일한 목표를 가지고 상생을 도모하고 있다는 점에서 의미가 크다. 정원은 과거를 품고, 기차는 기꺼이 정원의 첨경물添景物이 되어 추억을 실어 나르고 있다. 말하자면, 둘이 하나가 되어 시너지효과를 발휘하고 있는 것이다. 이곳은 과거와 현재를 담아내고 있고, 미래 희망을 열어가는 융복합적 발상의 개발이 무엇인지 보여주는 흔치 않은 사례다.

마법의 장미 이야기

장미는 인류 역사상 사람들로부터 가장 많이 사랑받은 꽃이라고 해도 과언이 아니다. 일찍이 북반구를 중심으로 약 100여 종이 분포했지만 육종개량을 통해 현재는 3만 종 이상의 원예종이 있는 것으로 알려져 있다. 고대로부터 전해지는 장미는 매일 우리 생활 속에 깊숙이 관여하며 숱한 이야기를 만들어내고 있다. 우리나라 장미 역사도 꽤 오래된 것으로 보인다. 삼국사기에는 신문왕과 설총의 대화 과정에서 장미를 의인화하여 "첩은 눈처럼 흰모래밭을 밟고, 거울처럼 맑은 바다를 대하고, 봄비로 목욕하여 때를 씻고, 맑은 바람을 맞아 스스로 만족을 느끼는데 이름은 장미薔薇이옵니다"고 표현하고 있다.[*] 또 강희안의 《양화소록》에서는 다음과 같이 기록하고 있다.

꽃을 피우려는 뜻을 잠시도 쉬지 않으니, 성덕聖德의 한없이 진실하고 순수함에 비할 만하다. 오행으로 말하자면 토土가 사시四時에 걸쳐 왕성한 것과 같다. 꽃 피우려는 법을 배우려는 사람은 먼저 사계화를 길러야 하는데, 이 꽃이 기

---

[*] 김부식 저, 신호열 역해, 《삼국사기》, p.811, 2018, 동서문화사.

장미의 균형 잡힌 다섯 개의 꽃받침과 매혹적인 꽃잎의 조화는 미학적으로 황금률로 일컬어진다.

준이 되기 때문이다.*

장미가 사람들에게 얼마나 친숙한 존재였는지를 잘 말해
주고 있다.

중세 유럽에서는 장미가 기독교를 상징하는 꽃으로 여겨졌

---

* 강희안 저, 서윤희 외 공역, 《양화소록》, 선비화가의 꽃 기르는 마음, p.85, 2012, 눌와.

는데 그 이유는 원종의 장미가 홑꽃으로, 꽃잎이 다섯이어서 5라는 숫자를 기독교 신앙과 연결시켰기 때문이다. 사람이 팔과 다리를 약간 벌리면 장미의 다섯 개 꽃받침과 같은 모양이 된다. 아마도 예수 그리스도가 십자가에서 못 박힌 신체의 다섯 부위와 관련지어 부활이라는 마법과 같은 일이 일어난 것에서 유래한 것으로 보인다. 장미의 균형 잡힌 다섯 개의 꽃받침과 환상적인 꽃잎의 곡선은 미학적 측면에서도 황금률로 얘기되기도 한다. 진정한 아름다움의 탄생은 어쩌면 그 근저에 고통이 수반된다는 속뜻을 담고 있는지도 모르겠다.

원래 모든 장미는 하얀색이었다고 한다. 그런데 비너스(아프로디테) 여신이 바다에서 나와 마법을 부려 그녀의 벌거벗은 몸을 가리기 위해 장미로 옷을 삼았다. 비너스는 그녀의 연인 아도니스에게 달려가다가 그만 장미가시에 찔려 몸에 두르고 있던 하얀 장미에 붉은 피가 물들게 되었고 마침내 붉은 장미가 탄생했다고 한다. 비너스와 아도니스의 사랑은 비극으로 끝이 나는데 아도니스가 죽으며 흘린 핏속에서 한 송이 빨간 꽃이 피어나게 되었다. 바람anemos이 불면 피고 지는 꽃이라 하여 아네모네anemone(바람꽃)가 되었다. 이 이야기는 오스카 와일드Oscar Wilde의 동화 《나일팅게일과 장미Nightingale and the Rose》*로 아름답게 재탄생한다.

곡성 기차마을에는 전 세계의 다양한 장미들이 흐드러지게 피어 있다.

사랑과 꽃은 떼려야 뗄 수 없는 관계인 것 같다. 특히 붉은 꽃은 사랑에 대한 열정과 숭고한 생명을 의미하지만, 동시에 에로스 사랑의 덧없음도 말해 주고 있는 듯하다.

현재 향수나 화장품 원료로 사용되는 장미기름은 품종이나 생산지 기후에 따라 다르기는 하나, 일반적으로 약 5톤의 꽃 잎을 채취하면 500그램 정도가 만들어진다고 한다. 일일이 수 작업에 의존하다 보니 귀하게 여겨지고 있는 것이 사실이다. 마릴린 먼로와 관련된 유명한 일화다. "당신은 잠잘 때 무엇을 입는가?"라는 질문에 먼로는 "샤넬No5"라고 대답했다고 한다. 이 대답 덕분인지는 알 수 없지만 샤넬은 고급 향수를 대표하는 브랜드가 되었다. 장미는 케이크, 과자, 빵의 향으로 사용되기도 하는데 그 원료는 센티폴리아나 다마스크 장미의 꽃을 수증기로 증류하여 얻은 장미수Rose water다. 이 장미수는 생선이나 고기, 푸딩 등 다양하게 요리에 이용되기도 한다. 또, 장미열매를 로즈 힙Rose Hip이라고 하는데, 이것은 비타민C뿐 아니라 약이나 잼, 젤리 등의 원료로 사용된다. 장미는 오감각을 깨우며 우리를 끊임없이 유혹하고 있다.

* 오스카 와일드 저, 김현화 역, 《오스카 와일드 단편집》, pp.132-144, 2017, 계림북스.

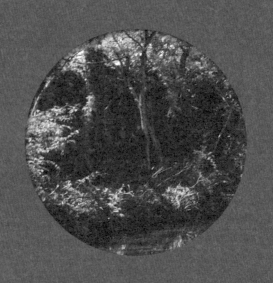

18

구례 오미마을

일반 고택에서는 흔히 볼 수 없는 연못을 곡전재에서 볼 수 있는데
방문만 열어젖히면 물고기가 유영하고 새들이 나는 풍경을 관상할 수 있다.

지리산에 기대고 섬진강을 품은 마을

살기 좋은 곳에서 장수를 누리며 행복하게 사는 것은 동서고금을 막론하고 사람들의 오랜 숙원이다. 오래전부터 우리 선조들은 이를 위해 우선적으로 했던 일 가운데 하나가 명당을 찾는 일이었다. 그것을 적나라하게 보여주는 것이 바로 풍수지리사상이다. 이런 풍수사상에 입각하여 극찬을 받은 곳이 있는데, 바로 구례다.

조선 후기 지리학자인 이중환은 그의 저서 《택리지》를 통해 우리나라에서 가장 사람 살기 좋은 땅, 요컨대 명당으로 구례, 남원, 진주, 성주를 지목했다.* 땅이 기름져서 볍씨 한 말을 뿌리면 예순 말을 쉽게 거둬들일 수 있는 곳이 이 네 지역이라는 설명이다. 이를 증명이라도 하듯 구례는 장수의 고장으로 인증을 받고 있다. 혹시, '구곡순담'을 아는가? 다름 아

---

* 이중환 저, 이익성 역, 《택리지》, p.86, 2017, 을유문화사.

닌 구례, 곡성, 순창, 담양의 첫 글자를 따서 부르는 말인데, 2002년 10월 서울대학교 의과대학 노화·고령사회연구소의 국내 장수촌 실태조사에서 우리나라 100세 이상 장수노인 분포가 가장 높은 곳으로 밝혀지면서 탄생한 용어다. 구곡순담은 우리나라 장수벨트의 상징이 되었다. 구례가 사람 살기 좋은 곳으로 익히 알려져 있지만 그중에서 가장 명당으로 꼽히는 곳이 바로 오미五美마을이다. 이 마을이 왜 명당인지 1990년 10월 문화재관리국 문화재연구소에서 펴낸 〈한국민속종합조사 보고서〉 제21책에서 전북대학교 이강오 명예교수는 풍수 사상에 입각해 설명하고 있다.

지리산 노고단이 진산인 조산이 되고 노고단에서 남쪽으로 빠져 내려와 형성된 형제봉이 주산이 된다. 앞으로는 넓은 들이 펼쳐지고 들 앞에는 섬진강이 있으며 섬진강 건너 오봉산이 안산이 된다. 그 너머 계족산이 조산이 되고, 동쪽으로는 왕시리봉이 좌청룡이 되며 서쪽으로 천왕봉이 우백호가 된다. 마을 앞으로 물이 흐르고 넓은 평야지대가 펼쳐져 전형적인 배산임수의 명당이라는 것을 쉽게 알 수 있다.

운조루, 곡전재와 더불어 촌락과 전원 풍경이 펼쳐진 지리산자락에 자리 잡은 오미마을 전경(구례군 제공).

오미마을은 오미동五美洞이라고 부르기도 하는데 원래 오동五洞이었다고 한다. 내죽, 하죽, 백동, 추동, 환동의 다섯 동네를 일컫는 말이다. 이후 운조루를 지은 유이주柳爾胄, 1726-97에 의해 오미마을로 바뀌게 되었는데, 다섯 가지 아름다움이 있는 마을이란 뜻으로 그 다섯 가지는 월명산, 방방산, 오봉산, 계족산, 섬진강을 가리킨다.

일제 강점기에 무라야마 지준村山智順이 《조선의 풍수》*라는

* 무라야마 지준 저, 최석영 해제, 《조선의 풍수》, pp.846-848, 2008, 민속원.

책을 저술했는데 이런 대목이 나온다.

전라남도 구례군 토지면 금내리 및 오미리 일대를 1912
년 무렵부터 이주자들이 모여들었다. 충청남도, 전라남북
도, 경상남북도 각처에서 꽤 지체 높은 양반까지 와서 집
을 짓기 시작하여 현재(1929년) 이주해 온 집이 100여 호戶에
달한다. 계속 증가 추세에 있다. 비기秘記에 말하기를 이곳
어디에 '금귀몰니金龜沒泥(금거북이 진흙 속에 묻힌 터)', '금환락
지金環落地(하늘에서 선녀의 금가락지가 떨어진 터)', '오보교취五寶交
聚(금·은·진주·산호·호박 등 다섯 가지 보물이 쌓인 터)'의 세 진
혈이 있어 이 자리를 찾아 집을 짓고 살면 힘 안들이고 천운
이 있어 부귀영달한다고 전해온다. 이 세 자리는 상대上臺,
중대中臺, 하대下臺라고도 한다. 이곳에 일찍이 자리 잡은 집
이 있는데, 유씨의 집 운조루다. 그 택지는 유씨의 원조 유
부천柳富川이란 사람이 지금부터 300년쯤 전에 복거卜居한 것
이라고 한다. 그가 좋은 집의 초석을 정하고자 할 때 뜻밖
의 귀석龜石을 출토했다. 비기秘記에 이른바 금귀몰니의 땅이
라는 것을 알고 그곳에 집을 짓고 살았다.

이로 보아 당시 사람들이 얼마나 명당에 관심이 많았는지

미루어 짐작할 수 있다. 하지만 명당에 관한 풍부한 지식이 없어도 이곳이 명당이라는 것을 누구나 어렵지 않게 알 수 있다. 바로 뒤에는 지리산이라는 명산이 배경이 되어 주고 있고 앞에는 섬진강을 낀 전원 풍경이 펼쳐져 있어 풍요롭고 쾌적하고 아름다움을 비길 데가 또 어디 있을까 싶을 정도다.

《논어》의 옹야雍也에 의하면 "지혜로운 사람은 물을 좋아하고, 어진 사람은 산을 좋아한다. 지혜로운 사람은 움직이고, 어진 사람은 고요하다. 지혜로운 사람은 즐겁게 살고, 어진 사람은 장수한다知者樂水, 仁者樂山. 智者動, 仁者靜. 智者樂, 仁者壽"*라는 구절이 있다. 참으로 지혜롭고 어진 사람은 이것들을 좋아하고 즐기는 것에 그치는 것이 아니라 모든 사람이 지속적으로 이런 혜택을 누릴 수 있도록 지키고 가꾸는 사람들이 아닐까 생각해 본다. 그런 의미에서 오미마을 사람들은 아름답고 지혜로운 사람들이다. 자연의 순리를 이해하고 생태정원마을로 가꾸어 가기 위해 몸소 실천해 왔기 때문이다. 지리산에서 시작되어 마을 앞으로 흐르는 물을 연못에 머무르게 하여 정원으로 감상하고, 다시 도랑으로 흘려보내 물길의 흐름을 이어 주며 이를 잠시 마을 앞 저수지에 담았다가 농업용수로 활용하기도

* 유일석 역, 《옛 선인에게서 배우는 지혜로운 이야기 논어》, p.89, 2010, 새벽이슬.

한다. 지리산에서 시작되어 굽이굽이 계류를 통해 마을에 이른 물은 이 처럼 사람들을 이롭게 하고 농토를 적시고 이내 섬진강으로 흘러간다. 물 흐름 하나만 보아도 오미마을이 얼마나 자연친화형 마을인지를 알 수 있다. 오미마을에 가면 아름다운 연못과 더불어 깨끗한 실개천, 적절한 위치에 자리 잡고 있는 저수지 등에 관심을 갖고, 물이 어떻게 활용되고 또 어디로 흘러가는지 눈여겨보는 것도 자못 흥미로운 볼거리다.

다른 듯 닮은 듯, 두 개의 아름다운 정원 운조루와 곡전재

오미마을은 그 자체가 하나의 생태정원이지만, 운조루와 곡전재의 고가古家와 오래된 정원을 볼 수 있다는 점이 더욱 매력적이다. 운조루雲鳥樓는 '구름 속의 새처럼 숨어사는 집' 혹은 '구름 위를 나는 새가 사는 빼어난 집'이란 뜻을 지니고 있다. 이는 도연명陶淵明의 〈귀거래혜사歸去來兮辭〉*에 나오는 "구름은 무심히 골짜기를 나오고雲無心以出峀, 새는 날다 지치면 보금자리로 돌아올 줄 아네鳥倦飛而知還"에서 머리글자를 따서 지은

---

* 이동규 편저, 《도연명귀거래사》, pp.46-47, 2011, 법문북스.

▲ 지리산을 배경으로 입지한 운조루와 지리산 계곡에서 흘러내린 물을 이용해 만든 전통 연못(구례군 제공).

◀ "他人能解"라고 적혀 있는 운조루 목조쌀독.

것으로 전해진다. '운조루'는 일종의 택호에 해당하는데, 원래
는 큰 사랑채 이름으로 조선 영조 때 삼수부사를 지낸 유이주
가 낙안군수로 있을 때인 1776년에 지은 집이다.

운조루는 고택 앞에 마당 대신 자리 잡고 있는 예쁜 연못,
고가의 고풍스런 면모, 건물과 건물 사이의 아늑한 공간감, 자
연과 조화되는 목재와 돌담의 색채 등 볼거리가 참 많다. 그리
고 사람들에게 자못 화젯거리가 되고 있는 곳간 한편에 놓여
있는 '쌀독'이 있다. 이 쌀독 마개에 새겨진 문구 하나가 눈길
을 사로잡는데 바로 "타인능해他人能解"다. 요컨대, '누구든 쌀
독을 열 수 있다'는 뜻이다. 목재로 만들어진 원통형 쌀독에
는 두 가마니 반 정도의 쌀을 담을 수 있는데 끼니를 걱정해야
하는 사람들을 위해 이 쌀독은 항상 개방되어 있었다고 한다.
주인은 쌀독이 비면 쌀을 다시 채워놓았는데 해마다 200여 석
정도의 쌀 소출 가운데 30여 가마니의 쌀을 이웃들을 위해 내
어 놓았다고 한다. 쌀독은 쌀을 가져가는 사람들이 혹여 불편
해 할까봐 주인들과 쉽게 마주치지 않을 만한 장소에 두었다
고 한다. 이에 감동한 마을 사람들은 가능하면 이 쌀독 사용을
자제했던 모양이다. 자기보다 더 힘든 이웃들을 위해 쌀독을
양보하려 했던 것이다. 오히려 근면하게 난관을 헤쳐 나가는
자극제가 된 셈이다. 말하자면 쌀독을 개방한 운조루 주인의

곡전재 문간채와 행랑채 사이에 꾸며진 수로가 있는 독특한 주택정원.

마음과 그것을 여는 일을 자제했던 마을 사람들의 마음은 서
로를 배려한 점에서 다르지 않았던 것이다. 역사적으로 동학,
여순사건, 한국전쟁 등 숱한 어려운 시기를 겪으면서도 운조
루가 건재할 수 있었던 것은 어쩌면 바로 이 '타인능해'의 정
신 때문이 아니겠는가라고 회자되곤 한다.

   또 하나의 정원 곡전재穀田齋는 금환낙지金環落地의 명당이다.
운조루가 상대上臺라면 곡전재는 중대中臺에 해당된다. 순천 황

전면 사람 박승림朴勝林이 1929년 지은 전형적인 살림집이다. 그 후 1940년에 곡전 이교신穀田 李敎臣, 1877-1963이 매입하게 되었고, 그래서 이곳을 이교신의 호를 따서 곡전재로 부르고 있다.

곡전재는 타원형 담장 안에 문간채, 행랑, 좌우행랑, 몸채 순으로 배치하여 마치 전학후묘前學後廟의 향교나 서원처럼 배치한 것이 다른 살림집과 다른 점이다. 다만, 가묘家廟가 없다는 점이 특징이다. 940여 평의 대지둘레를 2.5미터가 훌쩍 넘어 보이는 높이의 돌담을 타원형으로 쌓았는데, 금가락지를 형상화하고 있다. 일반 고택을 상상하면서 대문을 들어서는 순간 깜짝 놀라지 않을 수 없다. 일반적인 주택에서 흔히 볼 수 없는 대형 연못과 연못에서 흘러나와 앞마당을 휘감아 도는 곡선형 수로가 마치 유상곡수流觴曲水를 보는 것처럼 매우 인상적이다. 정원의 규모에 비해 나무와 꽃의 종류가 너무 많은 것 아닌가 싶을 정도로 마치 작은 식물원에 와 있는 느낌을 받는다. 뒤뜰의 대숲과 정감 있게 자리 잡은 장독대 항아리들, 그리고 천생연분처럼 담쟁이넝쿨과 너무 잘 어울리는 이끼 낀 돌담, 잘 익은 감들이 주렁주렁 달려 있는 오래된 감나무, 속살을 보이며 수줍은 듯 붉게 물든 석류에 이르기까지 어느 것 하나 놓칠 수 없는 곡전재의 가을 풍경이다.

19

구례 산수유마을

구례의 명물 산수유 시조목이 있는 시목지(始木地) 풍경으로
약 1000여 년 전 중국 산동지방에서 들여와 심은 것으로 전해지고 있다.

●

산 너머 남촌, 구례 산수유마을

언제부턴가 산수유는 매화와 더불어 봄을 연상시키는 봄꽃의 대명사가 되었다. 이 둘은 잎보다 먼저 꽃을 피우며 우리에게 봄이 왔음을 알리는 대표적인 봄꽃식물이다. 특히 산수유는 노란 요정들이 춤추듯 소담스럽게 피는 꽃이 예쁘지만 향기 또한 그윽해서 좋다. 얼마 전까지만 해도 세상을 온통 노랗게 물들여 많은 사람들의 마음을 들뜨게 했던 산수유, 이젠 봄의 전령사로서 임무를 다하고 또 다른 많은 봄꽃들과 새록새록 돋아나는 연초록 나뭇잎들에게 눈길을 양보하고 있다. 그래도 쉽사리 가시지 않는 노란 풍경의 여운이 눈가에 어른거린다. 소설가 김훈은 수필집 《자전거여행》에서 산수유를 이렇게 묘사한 바 있다.

산수유는 다만 어른거리는 꽃의 그림자로서 피어난다. 그러나 이 그림자 속에는 빛이 가득하다. 빛은 이 그림자 속

에 오글오글 모여서 들끓는다. 산수유는 존재로서의 중량
감이 전혀 없다. 꽃송이는 보이지 않고, 꽃의 어렴풋한 기
운만 파스텔처럼 산야에 번져 있다. … 그래서 산수유는 꽃
이 아니라 나무가 꾸는 꿈처럼 보인다.*

산수유 꽃을 이처럼 적절하게 표현할 수 있을까, 잔잔한 감
동이 전해진다. 매년 3월 말, 4월 초가 되면 구례군 산동면에
봄기운을 만끽하려는 손님들로 인산인해를 이룬다. 산동면은
전라남도 구례군 북부에 위치해 있다. 본래 남원부의 지역으
로 지리산 아래 골짜기에 위치해 있어 산골, 산동이라 하여 고
려 때 산동부곡山洞部曲이라 불렀다. 1897년에 구례군에 편입되
어 두 면으로 갈라져 지리산의 상봉 쪽을 내산면, 그 바깥쪽
을 외산면이라 하였다. 1932년 내산·외산이 다시 병합되어
산동면이 되었다.

산수유는 약용 혹은 건강음식으로 알려져 있다. 수고는 약
7미터 정도고, 수피가 비늘조각처럼 벗겨지는 특징이 있다.
잎이 마주보며 나오는데 잎의 앞면은 녹색, 뒷면은 연녹색이
나 흰색을 띤다. 잎 가장자리는 밋밋하며, 잎 뒤의 잎맥이 서
로 만나는 곳에 털이 빽빽이 돋아나 있다. 산수유가 주목받는

* 김훈 저, 《자전거 여행 1》, pp.15-17, 2016, 문학동네.

이른 봄이면 구례 산수유마을은 온통 노란색으로 물든다.

것은 꽃과 열매다. 노란 꽃은 잎이 나오기 전 3-4월에 가지 끝
에 20-30송이씩 무리지어 핀다. 10월에는 타원형의 장과漿果로
익어 가는데, 붉게 물든 열매는 산과 들녘을 온통 붉게 물들이
며 색다른 가을 정취를 느끼게 한다. 가을에는 잎과 열매가 붉
게 물들기 때문에 정원수나 가로수로도 인기가 있다.《삼국유
사》*에 의하면 도림사道林寺 대나무 숲에서 바람이 불면 "임금

* 일연 저, 김원룡 역,《삼국유사》, p.194, 2021, 민음사.

님 귀는 당나귀 귀와 같다"라는 소리가 들려 왕이 대나무를 베어 버리고 산수유나무를 대신 심었다는 기록이 있다. 또 《산림경제》, 《동국여지승람》, 《승정원일기》, 《세종실록지리지》 등의 고문헌에는 산수유가 구례지역의 특산품으로 재배되고 한약재로 처방되었다는 내용이 있다. 일제 강점기에 발행된 동아일보 기사를 보면 1938년 구례에 산수유조합이 창립되었고, 1939년 구례지역 특산품으로 산수유가 경쟁 입찰에 부쳐진 사실과 구례지역 산수유 출하량이 약 9톤에 달했다는 기록 등이 남아 있다. 이를 통해 오래전부터 구례지역은 산수유가 지역 특산품으로 재배되었음을 알 수 있다.

지역민들에게 구전되는 내용도 자못 흥미롭다. 지금으로부터 약 1000년 전 중국 산동성에 사는 처녀가 이곳으로 시집오면서 고향을 잊지 않기 위해 산수유나무를 가져와 심었다는 얘기가 전해지고 있다. 산동이라는 지명의 유래도 이와 연관되어 있다고 믿고 있으며 산동면 계천리 계척마을에는 이때 들여와 최초로 심은 것으로 추정되는 1000년 수령의 산수유나무가 있다. 지역민들은 이 나무를 '할머니나무'라 부른다. 구례군에서는 이 나무를 산수유 시조목으로 지정하여 보호·관리하고 있다. 또한 건넛마을 원달리 달전마을에 수령 300년의 '할아버지나무'가 있는데, 할머니나무와 비슷한 1000년 이상의 고령 산수유나무 뿌리에서 다시 새순이 나와 자란다.

　구례군은 총면적의 77.2%가 임야로 구성되어 있으며, 특히 그중에서도 산동면은 임야가 82.8% 이상을 차지할 정도로 경작지가 절대적으로 부족한 산간지역이다. 산동 주민들은 약 1000년 전인 11세기 무렵부터 지리산으로 둘러싸여 있는 지형과 기후에 적응하며 생계유지 수단으로 약용작물인 산수유나무를 재배해 왔다. 워낙 척박한 자연환경인지라 귀한 경작지는 일반작물을 재배하고, 집 주변과 돌담, 구릉지, 마을 어귀, 개울가 등 공한지를 활용하여 산수유나무를 재배한 것이 마을과 지역 전체로 확대되어 현재 약 269만 제곱미터에 달하는 집단화된 산수유 재배지가 된 것이다. 산동면은 전국 생산량의 68.98%를 차지하는 우리나라 최대 산수유 생산지 및 군락지로서 농업 환경이 여의치 않은 산동 주민들에게 그나마 소득원이 되었던 것이다. 과거 산수유나무는 산동 주민들의 생계와 자녀교육을 책임지던 일명 '대학나무'였으나 최근 아름다운 경관을 활용한 볼거리 제공 및 도농교류 체험 프로그램 등으로 관광산업을 창출하는 지역의 '효자나무'가 되고 있다. 최근 들어 산수유의 경관적 가치, 건강식품으로서의 가치가 전국으로 알려지면서 계절별로 산수유 꽃축제와 열매축제를 개최하고 있는데, 구례군을 대표하는 지역 축제로 자리매

산수유밭의 돌담길이 운치를 더한다.

김하고 있다.

산수유마을은 가을이 되면 다시 바빠진다. 가을에 이곳을 찾으면 가느다란 산수유나무 가지 위에 외발로 매달려 열매를 따는 주민들의 모습을 어렵지 않게 볼 수 있다. 나무에 오를 수 없는 노인들은 장대로 조심스럽게 열매를 채취한다. 수확이 끝나면 산동 아낙네들은 산수유 바구니를 하나씩 앞에 두고 사랑방에 둘러앉아 입으로 육질을 벗겨내 일일이 씨를 골라내는 번거로움을 마다하지 않는다. 구례 산수유마을에서 봄에는 노란색으로 물든 수채화 같은 풍경을 만나고, 가을에는 붉은 색으로 옷을 갈아입은 또 다른 풍경화를 만날 수 있다. 성급하게도 벌써 가을이 기다려지는 이유다.

갈등과 애환을 넘어 '영원히' 함께하다

산동마을 사람들에게 산수유는 참 각별하다. 사방이 산으로 둘러싸인 산동은 농업 환경이 척박하기 그지없었는데 그나마 큰 위안이 된 작물이기 때문이다. 이른 봄부터 가을까지 꽃으로 희망을 주고 열매로 웃음을 선사한 요컨대 '신이 내린 선물'인 셈이다. 일 년 내내 주민들의 손과 발과 입, 온몸을 부대끼며 산수유와 동고동락하는 사이라는 점에서 어찌 주민들에게 사랑스러운 나무가 아니겠는가?

뜻밖에 이런 산수유 꽃에 숨겨진 너무나 가슴 아픈 이야기가 있다. 1948-55년 사이 지리산은 군경 토벌대와 빨치산의 싸움이 치열했던 격전지였다. 지리산의 울창한 숲과 암벽들은 빨치산에게 천혜의 요새가 되어 전투 당사자인 군경과 빨치산 2만여 명의 고귀한 목숨이 희생되었다. 또한 군경 토벌대와 빨치산의 틈바구니에서 무고한 양민 수천 명도 함께 희생되었다. 이와 관련한 애틋한 사연이 노래로 만들어져 불리어 왔는데 바로 〈산동애가山東哀歌〉다. 순박하기 이를 데 없는 산수유 노란 꽃망울 사이사이에 이 같은 사연이 서려 있다는 사실에 가슴이 저려온다. 여수·순천 10·19사건(예전 여순반란사건으로 부름) 때 산동면의 부자였던 백씨 집안의 오남매 중 둘째 딸인 백순례(애칭 부전)는 열아홉 나이에 부역으로 인해 희생됐다. 그의 희생은 집안의 대를 이으려는 어머니 고순옥 씨의 요청에 따른 것이었다. 백씨네 큰 아들과 둘째 아들은 이미 일제 징용과 여순사건으로 목숨을 잃었고, 셋째 아들마저 쫓기는 신세가 되자 둘째 딸 순례를 대신 보낸 것이다. 그가 경찰에 끌려갈 때 구슬프게 읊조린 시가 바로 〈산동애가〉다.

잘 있거라 산동아 너를 두고 나는 간다
열아홉 꽃봉오리 피어보지 못한 채로
까마귀 우는 골에 병든 다리 절며 절며
달비머리 풀어 얹고 원한의 넋이 되어
노고단 골짜기에 이름 없이 쓰러졌네
살기 좋은 산동마을 인심도 좋아
산수유 꽃잎마다 설운 정을 맺어 놓고
까마귀 우는 골에 나는야 간다.

〈산동애가〉의 일부다. 산수유가 노랗게 산동마을 산야를 물들일 때면 자연스럽게 떠오르는 노랫말이다. 1960년대 대중가요로 잠시 나왔다가 금지된 곡이다. 이념 대립의 질곡 속에서 빚어진 비극의 사연을 담은 〈산동애가〉가 나주 공산면 출신 작곡가 김상길 씨에 의해 다시 음반으로 제작되어 가수 이효정이 애처롭게 불러 심금을 울리고 있다. 이토록 곱게 핀 산수유 꽃이 넘실대는 계곡에 어찌 이런 슬픈 사연이 서려 있을 줄이야 새삼 주목하게 된다.

이런저런 숱한 사연을 안고 살아온 산수유마을에 갈등과 아픔을 치유하고자 만든 아름다운 정원이 있다. 바로 '사랑정원'이다. 마을 사람들이 살아온 삶의 가치를 담아 2013년에 조성되었는데 산수유와 축제를 구경하기 위해 찾은 방문객들을 위해 또 하나의 볼거리를 제공하고 있다. 게다가 그 옆에 산수유문화관을 건립하여 산수유와 지역문화를 한 발짝 더 들여다보게 도움을 주고 있다. 사랑정원에는 '사랑'을 모티브로 한 프러포즈 장소, 언약의 문, 사랑마루, 산수유 꽃담길 등 흥미로운 공간을 꾸며놓았다. 특히 현장에서 채취한 자연석을 활용하여 이끼와 분재를 조합하여 아기자기하게 사랑을 표현하고 있다. 산수유 꽃향기에 이끌려 봄바람과 함께 데이트 나온 연인들에게는 새록새록 사랑의 결실로 이어주는 사랑의 가교 역

산수유마을의 아픔을 보듬고 치유하고자 산수유마을 동산에 조성한 사랑정원.

할을 톡톡히 하고 있다.

산수유의 꽃말은 '지속', '영원불멸'이다. 또 '호의를 기대하다'는 뜻도 있다. 어쨌든 산수유는 우리들에겐 영원한 봄맞이 꽃임에 틀림이 없고 봄이 우리에게 주는 의미는 자연의 소생과 활력을 통해 새로운 한 해를 희망차게 살아내라는 메시지가 담겨 있는 것이 아닌가 싶다. 하나 더 간과하지 말아야할 것은 자고로 자연과 사람, 사람과 사람, 모든 관계에 있어서 지속되어야 할 것은 다름 아닌 '사랑'이라는 사실을 새삼 생각하게 된다.

20

구례 쌍산재

대숲을 배경으로 전통 한옥과 굴뚝, 물확 등이 고스란히 남아 있는 쌍산재 고택정원.

오랜 친구를 만난 듯 반갑고 소박한 고택정원

흔히 배산임수背山臨水 지역을 최고의 명당이라고 일컫는다. 그렇다면 지리산을 배경으로 하여 섬진강을 품고 있다면 두말할 필요가 없지 않겠는가. 오래전부터 전국 최고의 삶터 가운데 하나로 알려져 부러움의 대상이 되고 있는 지역이 있는데 바로 전남 구례다. 이곳에 운조루, 곡전재와 더불어 구례 3대 고택으로 유명한 쌍산재가 있다.

쌍산재는 구례군 마산면 사도리 상사마을 초입부에 위치해 있다. 해주海州 오씨吳氏 고택으로 이곳 원주인은 오현우다. 소박한 고택과 아기자기한 정원, 그리고 이 가문에 전해지는 가족과 이웃을 향한 따뜻한 이야기들이 세상을 흐뭇하게 한다. 우선 쌍산재雙山齋라는 이름은 원주인 오씨 가문과 친분이 두터웠던 한 가문이 있었는데, 이 두 집안이 영원히 사이좋게 지내기를 바라고 두 개의 산처럼 세상에 덕을 끼치며 살자는 의미로 붙여진 이름이라고 한다.

고택이라서 고대광실高臺廣室을 떠올리는 사람은 다소 의외라고 생각할지도 모르겠다. 왜냐하면 밖에서 볼 때 크게 눈에 띄지 않기 때문이다. 하지만 무심히 고택에 들어선 순간 눈을 휘둥그래 뜨지 않을 수 없을 것이다. "어머, 이렇게 예쁠 수가~." 처음 이곳을 방문한 사람들의 한결같은 반응으로 자기도 모르게 입 밖으로 새어나오는 작은 탄성이다. 그도 그럴 것이 우리가 상상했던 고택 풍경과는 사뭇 다르다. 언뜻 보면 안채와 사랑채, 바깥채 등 아담한 한옥 건물들이 마당을 중심으로 에워싸고 있어 여느 고택과 크게 다를 바 없어 보인다. 하지만 유심히 살펴보면 이들 건물들은 지반과 지붕의 높이가 미묘하게 차이가 나서 나름 위계를 형성하고 있고 스카이라인이 주는 리듬감이 흥미를 더한다. 그래서 그런지 마당 이쪽저쪽으로 걸음을 옮겨 각도를 달리하여 보면 그때마다 새로운 풍경이 펼쳐져 절묘한 아름다움을 선사한다.

마당에는 녹색 잔디가 카펫처럼 깔려 있어서 무채색이 주조를 이루는 전통가옥의 풍경에 생기를 불어넣어 준다. 또 잔디마당에 일정 간격으로 배치한 자연석 디딤돌은 마치 하얀 이를 드러낸 새색시가 수줍어하듯 친절하게 발걸음을 안내한다. 그리고 볕이 잘 드는 쪽에 마련된 장독대엔 크고 작은 항아리들이 옹기종기 모여앉아 정담을 나누듯 정원의 훌륭한 조형물로서 자신의 역할을 톡톡히 해내고 있다. 또 요소요소에 놓여 있는 돌확, 키, 대바구니, 절구통 등 전통 생활 도구들은 정원의 소품이 되어 풍경에 감칠맛을 더하고 있다.

　대부분의 고택들은 한옥건물이 주인공이고 나머지는 조연 역할에 불과하여 고택의 건축미에만 주목하는 경우가 많다. 하지만 이곳은 다르다. 소박한 건물 때문이기도 하지만 정원의 짜임새가 건물에만 주목할 틈을 주지 않는다. 건물도 정원의 구성요소 가운데 하나일 뿐 건물이 자연을 압도하거나 전혀 돋보이려 애쓰지 않는다. 마당 구석구석까지 허투로 놀리는 공간이 없다. 건물과 잔디마당, 듬성듬성 서 있는 과일나무들, 그리고 여기저기 장식되어 있는 전통 생활용품 하나하나가 완성도 높은 오케스트라 협연을 위해 혼연일체가 되고 있다는 느낌을 준다. 소박한 고택이 이렇게 아름다운 정원으로 거듭날 수 있음을 잘 보여주고 있다. 그것은 우리 전통요소 속에 이미 독특한 아름다움이 배어 있다는 것을 의미하기도 한다.

　마당 구경을 마치고 울창한 대숲을 통과할 때는 마치 신명난 공연 첫째 마당이 끝나고 둘째 마당으로 옮겨가는 느낌을 받는다. 설렘과 기대를 안고 작은 보폭으로 한발 한발 돌계단을 오르면 처마가 멋들어진 별채와 아담한 정자 호서정壺西亭을

쌍산재는 한꺼번에 풍경을 과시하는 것이 아니라 아기자기한 풍경을 차례대로 선보인다.

차례로 만나게 된다. 그늘이 드리워진 곳의 석축에는 이끼가
잔뜩 끼어 있어 색다른 질감과 한층 더 깊고 고상한 풍광을 제
공한다. 대숲이 끝날 즈음엔 파란 하늘이 열리고 넓은 잔디밭
이 펼쳐진다. 15년 전 후손인 오경영 씨가 민박을 시작하면서
텃밭을 잔디밭으로 조성하여 방문객들에게 산책공간으로 제
공하고 있다. 잔디밭을 가로지르는 산책로에 심어진 몇 그루
의 동백나무가 축 늘어진 가지 덕분에 마치 터널처럼 그늘을

드리우며 운치를 더한다.

산책길은 자연스럽게 쌍산재로 발길을 안내한다. 이곳은 극중 제2마당의 주제이자 전체 정원의 주인공이라고도 할 수 있다. 집안의 자제들이 모여앉아 글을 배웠던 서당채다. 벽과 기둥에는 쌍산재라는 현판 이외에도 몇 개가 더 걸려 있다. 그 가운데 "사락당四樂堂"이라고 쓴 것이 눈에 띈다. 원래 널리 알려진 것은 맹자의 군자삼락君子三樂이다. 이를 모티브로 하여 이곳에 특별히 의미를 부여한 것으로 알려져 있다. 당시 원주인인 사형제가 있었는데 이 형제들이 하나같이 즐겁고 행복하기를 기원하는 마음을 담고 있다고 한다. 또 "염수실念修室"이라는 편액도 눈에 띈다. 염수는 "그대 조상 잊지 말고 그 덕을 잘 닦고無念爾祖 聿修厥德, 길이길이 하늘의 뜻에 따라 스스로 복을 구하라永言配命 自求多福"는 《시경詩經》*의 글귀에서 취한 것으로 보인다. 쌍산재는 함께 살고 있는 형제와 가족을 생각하고 조상의 유지를 받들며 후학을 양성하는 다목적 공간이었음을 알 수 있다.

쌍산재 앞에는 연못을 비롯한 정갈한 정원이 조성되어 있는데 세련되거나 화려하지 않아 크게 의식하지 못할 정도다.

---

* 김학주 역저, 《새로 옮긴 시경》, p.694, 2016, 명문당.

아마도 서당은 교육하는 곳이라서 과도한 아름다움은 학문정
진에 지장을 줄 수 있다는 취지에서 가능하면 소박함을 추구
한 것으로 보인다. 당시 이 정원의 주인은 효심이 지극한 것으
로도 유명하다. 화려한 정원식물보다는 부모님의 건강을 위
해 정원 이곳저곳에 약용식물을 심어 가꾸었다고 한다. 지금
도 정원 여기저기에서 작약, 모과, 산수유, 매화, 결명자들을
어렵지 않게 만날 수 있다.

　이 가문은 이웃사랑도 남달랐던 것으로 전해진다. 이웃마
을 운조루의 '타인능해'와 유사한 이야기가 담겨 있는 뒤주가
이곳 안채에도 있다. 당시 가장 큰 어려움이 끼니걱정이었을
것을 감안하면 그 시절 음식을 나누는 마음이야말로 최고의
미덕이 아니었겠는가. 또 하나 감동적인 이야기가 있다. 당시
쌀이 귀한 시절이라 보리밥을 지을 수밖에 없었는데 그래도
집안 어르신들을 위해 가마솥에 쌀 한 종지를 꼭 함께 넣었다
고 한다. 밥이 지어지면 첫 번째 쌀밥은 조부모님을 위해, 두
번째 쌀밥은 집안 일하는 사람들을 위해, 그리고는 밥을 섞은
후 나머지 식구들에게 배식했다고 한다.

　쌍산재에서는 우리 주변 고택에서 흔히 볼 수 없는 아름다
운 정원을 만나볼 수 있다. 어쩌면 우리 주변의 고택을 어떻게
가꾸어 가야 하는지를 보여주는 좋은 본보기가 아닌가 싶다.

대숲은 그 자체가 하나의 정원이지만 사잇길로 들어가면 또 다른 비밀정원이 펼쳐진다.

이 정원에 마음을 빼앗기는 진짜 이유는 공간마다 겸손과 소
박함이 배어 있고, 사람을 살갑게 대하는 따뜻한 이야기가 서
려 있다는 점이다. 쌍산재는 보면 볼수록 정감 있고 절제미가
느껴지는 곳으로 평범함 속에 비범함이 곳곳에 숨겨져 있다.
말하자면 속정 깊은 오랜 친구를 만난 듯 반갑고 그저 바라만
보아도 흐뭇하고 더 다가가고 싶은 비밀정원이다.

쌍산재와 닮은 지리산 자락의 명품 경관, 상사마을

옛말에 하나를 보면 열을 안다고 한 것처럼 쌍산재를 보면 상사마을을 어느 정도 알 수 있다. 쌍산재가 추구했던 가치가 상사마을에 그대로 녹아 있다. 사람의 마음은 표정을 보면 알 수 있듯이 마을 사람들 삶의 가치는 마을 풍경에 고스란히 드러나 있다.

상사마을은 해주海州 오씨吳氏의 집성촌으로 시작되었는데, 그 유래는 대략 신라 말기로 추정하고 있다. 그 근거는 도선국사의 탑비인 백계산 옥룡사 증시선각국사비명白鷄山 玉龍寺 贈諡先覺國師碑銘에 전한다. 지리산 구령 암자에 있던 승려 도선道詵, 827-898에게 어느 날 한 기인이 찾아와 이르기를 "물외物外에 숨어서 살아온 지 벌써 수백 년인데 제게 조그마한 기술이 있어 높은 스님께 받들어 올리려 하오니 비루하게 여기지 않으면 다른 날 뵙기를 청합니다". 이렇게 얘기하고 어디론가 홀연히 사라졌다고 한다. 도선은 기이히 여겨 다른 날 약속장소로 찾아가 그를 만났는데 그가 모래를 끌어모아 산천에 대한 순역順逆의 형세를 그려 보여주었다고 한다. 그것이 일명 삼국도三國圖로 삼국통일의 징조를 암시해 준 것이라고 한다. 도선이 이에 깨달음을 얻어 태조 왕건을 도와 고려 창업에 큰 공을 세우게 되었다는 내용이다. 그래서 '모래 위에 그림을 그렸던 마을'이라는 뜻의 '사도리沙圖里'라는 이름을 얻게 되었고, 이후 윗마을과 아랫마을을 각각 상사리上沙里와 하사리下沙里로 부르게 되었다고 한다.

윗마을 상사는 구례군 내에서는 물론 전국에서도 내로라하는 장수마을로 꼽힌다. 1986년 인구통계조사 결과 국내 제일의 장수마을로 선정된 적도 있을 정도다. 상사마을 사람들의 장수비결은 '지리산의 온갖 약초에서 흘러나온 약수' 덕분이라고 한다. 그것을 증명이라도 하듯 마을 여기저기에는 여전히 공동우물터가 잘 보존되어 있다. 쌍산재 대문 옆에도 '당몰샘'이라는 명품 샘이 자리 잡고 있다. 1980년대 중반 모 대학 예방의학팀의 수질검사 결과 대장균이 한 마리도 검출되지 않아 최상의 물로 판명 받은 바 있고, 2004년엔 한국관광공사에서 지정한 전국 10대 약수터 중 하나로 뽑히는 영광을 누리기도 하였다. 1000년 동안 마르지 않았다는 전설의 이 샘물은 그맛도 일품이다. 우물 뒤쪽 벽에는 "천년마을에 이슬처럼 달콤하고 신령스런 샘千年古里 甘露靈泉"이라는 글귀가 선명하게 적혀 있어 마을 사람들의 자부심이 어느 정도인지 느껴진다.

마을 어귀에 있는 숭효정崇孝亭과 효자문孝子門, 그리고 오형진 지려吳馨眞之閭, 이규익지려李圭翊之閭 등은 이 마을 사람들이 얼마나 효孝를 중시했는지를 알 수 있다. 마을회관 옆에는 무인카페도 운영하고 있어 마을 사람들의 공동체 정신이 어떻게 계승되고 있는지 잘 보여주고 있다. 마을에서는 세월이 느껴지는 아담한 돌담과 담쟁이넝쿨, 마삭줄, 능소화 등이 타고 오르는 예쁜 담장들을 볼 수 있어서 경사진 골목길을 걸어도 전혀 지루하지 않다. 지리산에서 흐르는 맑은 개울물은 귀를 밝게 해 주고 경사지를 활용한 층층이 다랑논, 집 주변 텃밭 등은 마을 전체가 하나의 커다란 생태정원처럼 느껴지게 한다. 이래저래 쌍산재와 상사마을은 참 많이 닮아 있다.

2018년 여름은 유달리 더웠다. 그래서일까 당몰샘에서 마셨던 달콤하고 시원했던 그 물맛이 자꾸 떠오른다.

21

목포 이훈동정원

유달산 진입부에 들어서면 이훈동정원과 목포 달동네가 한눈에 내려다보인다.

목포 근대사를 품은 기억의 정원, 이훈동정원

목포는 항구다. 이 한마디는 목포를 가장 함축적으로 표현하면서도 수많은 질곡의 역사와 의미심장한 사연들을 통째로 담고 있다. 목포항은 1897년 10월 개항하여 당시 부산항, 인천항, 군산항 등과 함께 우리나라 근대화의 전진기지로서 역할을 했을 뿐 아니라 일제 강점기의 아픔이 시가지 곳곳에 고스란히 서려 있는 곳이기도 하다. 현재 여객부두는 목포를 기점으로 제주 · 홍도 등 수많은 도서지역으로 여객선이 운행되고 있는 서남해안 해상교통의 요충지이자 육지와 섬을 잇는 해양 나들목이다.

목포에는 시가지 전체를 한눈에 내려다볼 수 있는 그리 높지 않은 산이 있다. 바로 유달산(228미터)이다. 유달산儒達山은 목포의 희로애락을 고스란히 기억한 채 목포 시민을 안아 주고 달래 주는 마치 어머니와 같은 산이다. 목포의 상징인 목포항과 유달산은 한순간도 서로에게 눈을 떼지 못하고 애틋하게 응시하고 있는 것처럼 보인다. 그런 목포항과 유달산의 심정을 알아차린 듯 국민가수 이난영은 시대를 대변하는 절절함을 희대의 명곡 '목포의 눈물'에 담아냈다.

사공의 뱃노래 가물거리며
삼학도 파도 깊이 숨어드는데
부두의 새아씨 아롱 젖은 옷자락
이별의 눈물이냐 목포의 설움…

일제 강점기인 1935년 이난영이 부른 '목포의 눈물'은 애잔한 멜로디와 가사, 그리고 특유의 비음 섞인 트로트풍의 꺾기 창법이 어우러져 많은 사람들의 심금을 울리며 서러움을 대변하였다. 목포의 상징인 유달산에 이난영의 노래 기념비가 있는 것도 우연이 아니다.

유달산은 다양한 수목과 기암괴석이 병풍처럼 어우러져 호남의 개골산으로 불릴 정도로 아름답기로 유명한데 마치 완성도 높은 거대한 암석정원을 보는 것 같다. 유달산에는 5개의 누정(유선각, 대학루, 달선각, 곽운각, 소요정)이 있는데 그중에서 제일 아래쪽에 위치한 누정의 이름은 학을 기다린다 하여 대학루待鶴樓라고 하였다. 1984년에 시민의 휴식처로 세워졌는

유달산을 배경으로 들어서 있는 이훈동정원.

데 유달산의 누정 중 이곳에서 삼학도三鶴島를 가장 근접한 거리에서 볼 수 있는 곳이다. 유달산을 오르며 중간중간에 세워져 있는 누정에서 잠시 쉬어갈 수 있다. 아니 쉬어가야 한다. 왜냐하면 누정에서 조망되는 경관이 각각 색다른 묘미가 있기 때문이다. 왜 그곳에 누정이 세워져 있는지 금방 알게 된다. 이런 아름다운 유달산을 배경으로 조성된 소담스런 정원이 있다. 일명 이훈동정원이다.

이훈동정원은 개인 소유의 정원이지만 문화재(전남문화재 자료 제165호)로 지정되었다. 1930년대 일본인 우치타니 만페이(內谷萬平)가 지은 집을 광복 후 해남 출신 국회의원 박기배가 잠시 소유했다가 1950년대 당시 조선내화 창업자인 이훈동이 매입하여 오랫동안 가꾸어 온 정원이다. 이훈동정원은 옛 목포일본영사관, 목포근대역사관(옛 동양척식주식회사, 전남기념물 제174호) 등 일제 강점기의 유서 깊은 건물들이 즐비하게 모여 있는 곳, 한때 신의주까지 달리던 국도 1호선과 부산으로 이어지는 국도 2호선의 기점에서 그리 멀지 않은 곳에 위치해 있다.

정원은 입구정원과 안뜰(마당)정원, 임천林泉정원, 후원後園 등으로 꾸며져 있다. 대문을 들어서자 자그마한 연못을 끼고 있는 입구정원이 눈에 들어온다. 연못과 석교石橋, 그리고 그것들을 품고 있는 화단花壇이다. 화단에는 주로 상록수가 식재되어 있고 전체적으로 그늘이 형성되어 있어 다소 어두운 느낌마저 들 정도다. 그곳에 흥미로운 비밀이 하나 숨겨져 있다. 전체적으로 일본정원 형식을 띠고 있지만 그 화단에 세 개의 한반도 그림이 디자인되어 있다. 하나는 연못이고 또 하나는 꽝꽝나무를 잘 다듬어놓은 토피어리이며, 마지막은 한눈에 파악하기 힘들지만 화단 전체가 한반도 형상으로 디자인되어 있음을 알 수 있다. 지금으로부터 30여 년 전 정원에 식재된 수종을 모두 파악하였는데 당시 한국 야생종 37종, 일본 원산종 39종, 중국 원산종 25종, 기타 12종으로 총 113종으로 조사되었다. 이 가운데 상록수가 61%에 이르러 전형적인 일본정원의 특징을 보이고 있다. 이후 지속적으로 식재를 보완하여 왔는데 원형에 충실하면서도 한국적 정서를 담아내려는 노력을 기울여 온 것으로 보인다. 이곳은 현재 소유주 가족과 친지들의 별장으로 사용되고 있는데 최근에도 경기도 용인 자택에 있는 소나무 한 그루를 옮겨와 앞뜰에 이식할 정도로 이 정원에 대한 애정이 각별하다.

이 정원은 구입 당시 1365평이었는데 이를 확장하여 지금은 두 배가 훨씬 넘는 3000여 평에 이른다. 여기에 고故 이훈동 선생을 기리고자 설립한 성옥기념관과 갤러리 등을 무료로 개방함으로써 정원과 더불어 시민들의 사랑을 받고 있다. 그 덕분에 인근 골목에 카페와 문화공간들이 속속 들어서기 시작하면서 시민들의 문화놀이터로 바뀌어 가고 있다. 이 정원은 기본적으로 일본정원의 분위기를 유지하고 있다. 전형적인 임천형林泉型 정원양식을 엿볼 수 있으며 향나무, 후박나무, 녹나무 등 정원의 골격을 형성하는 수종들이 일본 원산지의 수종들이다. 그뿐 아니라 석등石燈, 가교架橋, 일본식물통蹲: 츠쿠바이 등 정

일제 강점기에 일본식 정원을 토대로 조성되었지만
지금은 한국식, 서양식 등이 섞여 있다.

원의 볼거리를 제공하는 일본정원에 흔히 등장하는 점경물點
景物이 다수 눈에 띤다.

　이처럼 처음엔 일본정원을 토대로 가꾸어졌지만, 지금은
한국정원, 서양식정원 등이 어우러진 글로벌 정원이 되어가
고 있다. 정원의 앞뜰은 우리나라 상징인 소나무 등을 보식하
며 우리의 마당 형식을 유지하고 있고 후원에는 넓은 잔디밭
을 갖춘 서양식 정원이 조성되어 있어 가든파티 등에도 손색

이 없다. 무엇보다 거기서 목포 옛 시가지를 내려다보는 조망
경관은 이 정원이 주는 많은 즐거움 중에 단연 최고의 백미다.
그곳에서 잠시 눈을 뒤로 돌려 유달산 쪽을 바라보는 풍경도
절대 놓쳐서는 안 된다. 유달산을 오르는 길에 만날 수 있는
첫 번째 누정 '대학루'가 눈에 들어온다. 이 정원은 풍수적으
로도 유달산을 배경으로 하고 목포 앞바다를 앞에 두고 있어
전형적인 배산임수형 정원이라고 할 수 있다. 유달산이 품고
있는 유서 깊은 이 정원을 통해 역사를 반추해 보고 미래를 향
한 희망을 엿볼 수 있다면 더없이 좋겠다.

정원, 예술, 목포를 사랑한 사람, 성옥 이훈동

  이훈동李勳東, 1917-2010은 해남 출신 기업인으로 조선내화(주)
창업자다. 1947년 5월 목포 온금동에 조선내화화학공업(주)을
설립하고 대한민국의 내화물산업을 선도하였다. 1993년 지금
의 회사명인 조선내화(주)로 변경하였는데 특수 알루미나질
벽돌, 캐스팅 블록, 밸브용 내화물 등을 생산하는 내화물 전문
업체다. 현재 본사는 광양으로 이전했으며 포항에도 공장이
있고 중국 등 해외에도 공장과 현지 사무소 등을 개설하며 사

정원, 예술, 목포를 사랑한 이훈동. 그의 흉상이 기념관 앞에 놓여 있다.

업을 확장해 가고 있다. 성옥 이훈동이 생전에 강조한 말들이
다. "조선내화는 목포의 대표 향토기업이자 목포 시민과 함께
성장한 기업이다." "조선내화가 대한민국을 대표하는 내화물
기업으로 성장하기까지에는 지역사회의 한결같은 도움이 있
었다." "보은의 정신으로 이웃과 함께 나누는 조선내화가 되
겠다." 그래서 그런 유지를 받들어 조선내화는 독거노인 돕기
활동을 비롯하여 문화예술 및 학생들의 장학금 후원 등 지속

적인 기부문화 정착을 위한 노력을 꾸준히 전개하고 있다.

그는 성공비결을 한 우물을 판 것이라고 했다. 열여섯 나이에 성산광산에 취직해 내화물과 인연을 맺은 이래 평생 외길 인생을 살며 온 열정을 쏟은 것이다. 그래서 그는 생전에 자기가 잘할 수 있는 한 길을 가야 한다는 것을 이 땅의 젊은이나 후배 기업가들에게 꼭 하고 싶은 말이라고 강조한 바 있다. 성옥聲玉은 "내가 기업가가 되지 않았다면, 아마 소리꾼이 되었을 것이다. 나는 어려서부터 노래에 소질을 보였고, 역동적인 나의 성품도 소리와 궁합이 잘 맞는 것 같다. 내가 소리를 좋아하는 또 다른 이유가 있다면, 그건 소리에 우리 삶의 애환이 고스란히 담겨 있기 때문이다. 판소리를 들으면 구구절절 뼈저린 아픔의 세월이 있는가 하면 더덩실 춤이 절로 나오는 성공의 순간이 있다"고 술회한 바 있다.

후손들은 성옥의 약속을 하나하나 이행해 가고 있다. 문화재단을 만들고 갤러리를 무료로 개방하고 있고 장학재단을 만들어 후학들을 키우고 있다. 이훈동정원으로 들어가는 입구에 있는 성옥기념관은 선생의 88세 미수米壽를 기리기 위하여 2004년 자녀들이 건립한 문화공간으로 대지 524평, 건물 224평, 높이 9미터의 석조건물이다. 성옥문화재단은 기업의 사회적 책임을 강조했던 성옥 이훈동 명예회장의 뜻에 따라 1977

년 건립된 목포 최초의 법인문화재단이다. 이곳에서 전통문화 진흥을 위해 재능 있는 젊은이들을 발굴하여 판소리장학금을 수여하고 아울러 전통문화재 보존을 위해 보존가치가 높은 우수한 작품들을 전시하고 있다. 기념관에는 성옥이 수집한 근·현대 애장품과 자녀들의 소장품에 이르기까지 다양한 고미술작품과 도자기 등도 함께 감상할 수 있도록 전시되어 있다. 지금 옛 조선내화공장이 있는 온금동 일대는 재개발계획에 대한 찬반열기가 뜨겁다. 유달산과 이훈동정원이 기억하고 있는 근대문화유산이 즐비한 이 지역이 한때 산업으로 지역민과 함께 해 왔다면 이제 미래지향적이고 품격 있는 역사문화의 거리로 거듭나기를 바라는 마음 간절하다.

22

보성 서재필기념공원

서재필기념공원에 마련된 그의 추모공간과 진입부 풍경.

생생한 역사체험 교육장, 서재필기념공원

화순에서 주암호를 따라 보성으로 진입하다 보면 뜻밖의 풍경을 만나게 된다. 보성군 문덕면 주암호 근처에 도시에나 있을 법한 어엿한 공원이 둘로 나뉘어 조성되어 있다. 국도나 지방도를 즐겨 이용하는 사람들이 벌교나 순천 낙안읍성 등으로 이동하는 도중에 쉬어가는 곳이다. 한쪽 공원에는 주차장, 상가, 화장실 등을 두루 갖추고 있고 너른 정원에는 세련된 예술 조각품과 연꽃으로 가득한 연못과 정자, 그리고 짜임새 있는 산책로가 개설되어 있다. 무심코 지나가는 사람들은 이 공원의 용도가 그저 잠시 들러 쉬어가는 휴게소 정도로 인식하기 쉽다. 하지만 상징조형물을 겸한 보도교步道橋를 건너 맞은편 공원으로 발길을 옮기면 이곳이 절대 그냥 지나쳐서는 안 될 매우 뜻깊은 장소라는 것을 알게 된다. 공원 안으로 들어가 눈여겨보면 웅장한 독립문과 세련된 용모의 동상이 눈길을 사로잡는다. 이곳은 개화기에 우리 사회 구석구석 살피며 조국이

나아갈 방향을 제시하고 몸소 개척정신을 발휘한 선각자 서재필徐載弼, 1864-1951의 뜻을 기리기 위해 조성된 기념공원이다.

그의 호는 송재松齋, 영어이름은 필립 제이슨Phillip Jaisohn이다. 보통사람들이라면 왜 하필 이렇게 외진 곳에 기념공원을 조성했을까 의아해 할 수도 있을 것이다. 그 이유는 이곳이 바로 서재필이 태어나고 유년시절을 보낸 곳이기 때문이다. 바로 인근 문덕면 기내마을에는 생가와 선조들의 묘소 등도 더불어 정비되어 있다. 원래 이곳은 서재필의 어머니 성주 이씨의 친정으로 그에게는 외갓집이자 생가인 셈이다. 아버지 서광호의 고향인 논산 인근으로 이주했다가 그의 아버지가 보성군수로 부임하면서 다시 보성으로 돌아와 이곳에서 일곱 살까지 지낸 것으로 전해진다. 서재필을 소개할 때 어떤 수식어를 사용하는 것이 가장 잘 어울릴지 망설이게 된다. 왜냐하면 그의 이름 앞에는 늘 최초, 최고 등의 수식어가 따라다니는 것으로 유명하기 때문이다. 국기에 대한 경례를 최초로 지시한 인물, 우리나라 최초의 민간 신문인 〈독립신문〉을 창간한 사람, 한국인 최초의 양의사, '삼일천하'로 끝난 갑신정변을 주도한 인물이었다. 그밖에도 계몽가, 언론인, 교육자, 혁명가, 문학인, 상인, 독립운동가 등 수많은 수식어가 그를 대변하고 있다. 국가적으로 워낙 거물이고 국제적으로 활동을 했던 터라 왠지 지방과는 친숙하지 않을 것 같은 편견도 있는 것이 사실이다. 그래서 이곳에 그를 기념하는 공원이 있을 것이라고는 미처 상상하지 못했을 수도 있다.

이 공원 내에는 기념관이 있는데 생각보다 내실 있게 꾸며져 있어 그에 대한 무수한 이야기들을 접할 수 있다. 서재필기념공원은 2012년 전국 현충시설 만족도 조사에서 종합 2위를 차지할 정도로 내용이 매우 충실한 곳이다. 이곳은 학생들을 비롯한 일반시민들이 산책하며 가벼운 마음으로 둘러볼 수 있는 역사체험교육장으로도 손색이 없다.

그는 선구자이자 최고의 스펙을 자랑하는 탁월한 능력자이었음에도 불구하고 참으로 굴곡진 인생을 살았다. 서재필은 1879년 요컨대 과거初試에 합격한 이후 1882년 증광시增廣試에 급제해 교서관부정자校書館副正字로 관직에 올랐다. 그 뒤 승문원부정자承文院副正字, 훈련원부봉사訓鍊院副奉事를 거쳐 1883년 일본으로 유학길에 올랐다. 일본 게이오 의숙慶應義塾(게이오 대학 전신)과 도야마富山 육군하사관학교의 단기 군사훈련을 받고 1884년 귀국했다. 귀국 직후, 사관을 양성하는 조련국 사관장이 되었다. 그의 삶이 탄탄대로일거라 기대했지만 그것은 그리 오래가지 못했다. 갑신정변(1884) 이후 그는 일본을 경유하여 미국으로 망명하게 되었고, 1890년 6월 10일 26세 나이로

서재필기념공원 앞마당에는 그의 동상과 그를 상징하는 독립문이 재현되어 있다.

한국인 최초의 미국 시민권자가 되었다. 이후 1895년 김홍집
내각에서 중추원 고문으로 초빙되어 귀국하였고, 1896년 4월
7일 한국 최초의 민간 신문인 〈독립신문〉을 발간하였으며 그
해 7월 독립협회를 설립했다. 그는 독립협회를 통해 토론회
와 강연회, 상소활동, 집회 및 시위 등을 주도했고, 민주주의
와 참정권을 소개하고, 신문물 견학을 위한 외국유학의 중요
성을 역설하기도 했다. 그러자 그의 개화사상을 견제하던 대

한제국 정부에 의해 추방당하게 되고 그 후 미국에서 의사로 활동하였다.

경술국치 이후 그는 줄곧 한국의 독립운동을 지원하였는데 1919년 3 · 1운동 이후 본격적으로 독립운동을 지원하면서 자신이 운영하던 문구점과 가구점이 파산할 만큼 생계곤란을 겪기도 했다고 한다. 1941년 태평양 전쟁 중에는 징병검사관으로 봉사하였고, 광복직후 미군정 사령장관 존 하지John Rheed Hodge, 1893-1963 등의 요청으로 귀국하여 미군정과 과도정부의 고문역을 맡기도 했다. 한때 그를 대통령 후보로 추대하려는 움직임이 있었으나 사양하고 1948년 미국으로 다시 출국하였다. 이후 1951년 후두암과 방광암, 과로로 인한 합병증으로 파란만장한 생을 마감하게 되었다. 오랫동안 미국 필라델피아 서쪽 외곽의 웨스트 라우렐 힐West Laurel Hill 교회 납골당에 안치되었던 유골은 1994년 4월 봉환하여 국립묘지에 안장되었다. 서재필은 1882년 한미수교 이래 한미외교사에서 유례를 찾아보기 힘들 정도로 탁월한 인물이다.

그는 현지에 살고 있는 교포들에게도 대단한 자긍심의 대상이 되고 있다. 서재필은 1973년 대한민국 건국훈장을 받아 그의 공을 뒤늦게나마 인정받은 바 있다. 그의 이름, 국적, 직업, 결혼, 업적 등 화려한 그의 이력은 곧 우리의 굴곡진 근대사 그 자체라고 말할 수 있다. 서재필기념공원의 너른 잔디밭에 그의 세련된 용모를 잘 표현한 동상이 늠름하게 서 있다. 하지만 한적한 공원에 홀로 서 있는 그의 모습을 보고 있노라면 왠지 쓸쓸한 감정이 차오른다.

서재필기념공원의 세계화, 우리 손에 달려 있다

서재필은 생전에 주옥같은 많은 말들을 남긴 것으로도 유명하다. 그의 어록은 그가 얼마나 조국을 사랑했는지, 또 얼마나 조국의 개화를 갈망했는지를 단적으로 보여준다. 그의 어록 가운데 "모든 언문諺文으로 쓰기는 남녀 상하귀천이 모두 보게 함이요"라는 대목이 있다. 〈독립신문〉의 한글 사용 이유에 대해 설명한 것이다. 특히 "합하면 조선이 살 테고 만일 나뉘면 조선이 없어질 것이다. 조선이 없어지면 남방사람도 없어지고 북방사람도 없어질 것이니 근일 죽을 일을 할 묘리가 있겠습니까? 살 도리를 하시오" 또 "서울 백성만 위할 게 아니라 조선 전국 인민을 위하여 무슨 일이든지 대신 말하여 주려 한다"고 했다. 그의 조국 사랑과 더불어 평등사상에 입각한 보편적 인류애를 엿볼 수 있다.

현재 서재필기념공원은 그의 명성에 비해 공원의 완성도
는 아직 미흡하지만 매우 의미 있는 장소인 것만은 틀림없다.
1991년에 선생의 공훈을 기리는 '송재 서재필 선생 기념사업
회'가 설립되었고 기념사업회는 선생의 위업을 기리고 나라
사랑과 민족적 자긍심을 고취하기 위해 기념사업을 추진했
다. 그 일환으로 한국전쟁 때 소실되었던 그의 생가를 복원
하였고, 인근에 기념공원을 조성한 것이다. 역사를 통해 배우
는 것만큼 확실한 것이 또 어디 있겠는가. 오래전 미국 워싱
턴 D.C.를 방문한 적이 있는데 주미대사관 총영사관 뜰에 서
있는 서재필 동상을 마주한 적이 있었다. 마치 고향사람을 만
난 것처럼 어찌나 반갑던지 발걸음을 멈추고 한참이나 감상했
던 기억이 있다. 워싱턴 D.C.에는 동상이 많은 것으로 유명한
데 여기저기 세워져 있는 동상이 무려 300여 개에 이른다. 이
가운데 마하트마 간디 등 외국인 동상이 절반 정도를 차지하
는데 아시아 출신으로는 서재필 동상이 유일하다고 한다. 양
복차림에 재킷을 왼팔에 걸치고 서 있는 세련된 모습이 보성
의 것과 꼭 닮았다.

또 하나 낯익은 조형물이 공원의 랜드마크를 자처하며 우뚝
서 있는데 바로 독립문이다. 서울 서대문구에 있는 독립문(사
적 제32호)을 그대로 옮겨 놓은 것처럼 똑같은 규모(높이 14.28

미터, 너비 11.48미터)로 재현되어 있다. 독립문은 이름 그대로 우리나라의 독립을 상징한다. 독립문은 단순한 랜드마크가 아니라 서재필의 독립에 대한 간절함을 달리 표현한 것이기도 하다. 그런 점에서 이 공원의 상징물이 되는 것은 너무나 당연하다. 공원 내 기념관에 들어서면 전시관 곳곳에 서재필의 파란만장한 인생이 파노라마처럼 펼쳐져 있다. 찬찬히 둘러보면 그는 우리가 알고 있는 것보다 훨씬 대단한 분이라는 것을 알 수 있다. 그는 일신의 영달을 꾀하지 않고, 조국의 독립을 위하여 평생을 헌신했던 위대한 선각자다. 사실 예쁜 꽃과 나무들이 있고 쉴 만한 장소를 제공하는 공원이나 정원은 사람들을 끌어들이는 좋은 수단이 된다. 그런 의미에서 이 공원을 보다 많은 사람들이 이용할 수 있도록 더욱 아름답고 의미 있게 가꾸어 가야 함은 두말할 필요가 없다. 그래서 머지않아 서재필기념공원이 세계적인 역사공원이 될 수 있기를 기대해 본다. 서재필기념공원의 세계화는 이제 우리 손에 달려 있다는 것을 잊지 말았으면 좋겠다.

23

영광 법성진 숲쟁이

한국의 10대 아름다운 숲으로 선정될 만큼
매력적인 숲쟁이는 숱한 이야기를 품고 있다

근린공원의 원형이자 최고의 경관숲, 법성진 숲쟁이

누구나 마음이 울적하거나 바람이라도 쐬고 싶을 때 일상을 벗어나 찾고 싶은 곳이 한두 곳쯤 있을 것이다. 내게 있어 그런 곳이 인근에 몇 군데 있는데 영광 법성포가 그 가운데 한 곳이다. 백수해안도로에서 조망되는 수려한 다도해 풍경도 멋질 뿐 아니라 갯벌이 포구 턱밑까지 차오른 법성포구에서만 볼 수 있는 갈매기의 춤사위는 생각만 해도 기분이 좋아진다. 포구를 걷다 보면 서해에서 불어오는 바람에 의해 코끝에 전해지는 짠내마저도 정겹게 느껴지고 가로변에 가지런히 진열되어 있는 맛깔스런 굴비들은 거침없이 식욕을 돋군다.

법성포구는 옛 명성에 비해 그 규모가 크게 변하지 않아 비교적 아담한 포구의 멋스러움을 간직하고 있다. 자연스럽게 휘어진 활 모양을 하고 있는 포구의 해안선과 가로변의 오래된 건축물들이 잠시 과거로 돌아간 것처럼 느껴지게 한다. 산책하듯 느긋하게 거리 풍경을 감상하며 걷노라면 어디선가 고

소한 냄새가 발걸음을 유혹한다. 그 정체는 모싯잎과 깻가루, 콩가루 등의 재료를 사용해 송편모양으로 먹음직스럽게 빚어 놓은 영광의 대표적인 특산물 모싯잎떡이다. 웬만해선 그냥 지나치기 쉽지 않다.

무엇보다 법성포에서 빼놓을 수 없는 것이 있는데 병풍처럼 기꺼이 시가지의 배경이 되어주는 아름다운 '법성진 숲쟁이'다. 수준 높은 한 폭의 풍경화를 보는 것처럼 아름다운 곳으로 법성포구를 지켜보며 팔 벌려 포근히 감싸 안아 주고 있는 형국이다. 법성포는 누구에게나 마치 고향을 찾은 것처럼 정겨움과 포근함을 느끼게 한다. 한 가지 아쉬운 것은 여기도 개발의 파도를 이겨내지 못하고 몇 해 전 포구 앞을 매립한 바람에 그 아름다운 갯벌과 끼룩끼룩 울어대며 자유롭게 날던 기러기 떼의 역동적인 풍경이 예전만 못하다는 것이 옥의 티라고 할 수 있다.

영광읍에서 북서쪽으로 약 11킬로미터 지점에 있는 법성포法聖浦는 원래 백제에 불교를 전한 인도 스님 마라난타가 맨 처음 들어왔던 곳이라고 하는 데서 유래한다. 특히 1514년에는 법성포에 진鎭을 설치했으며, 호남지방에서 생산되는 농수산물을 서울 마포나루까지 실어 나르던 배와 중국대륙까지 가는 배들이 이곳 법성나루를 거쳐 간 것으로도 유명하다. 또한 영산포와 더불어 호남지방의 세곡을 모아두었던 조창漕倉의 기능과 더불어 그것을 운반하는 조운漕運의 역할을 맡게 되면서부터 더욱 번창하게 되었고, 수군이 주둔할 정도로 번성했던 곳이다. 오랜 역사를 지닌 전통포구 법성포는 누구나 다 알고 있듯이 조기로 유명한 고장이다. 칠산 바다와 법성포구의 조기 파시는 말 그대로 돈이 넘치는 어물시장이었다. 법성포는 서해에서 가장 품질 좋은 조기가 잡히는 칠산 앞바다에서 들어오는 조기배로 파시를 이루었기 때문에 "영광 법성으로 돈 실러 가세"라는 말이 '뱃노래'로 불릴 정도로 많은 보부상들이 모여들어 매우 번창했던 포구다.

법성포는 삼국시대부터 구한말에 이르기까지 중국, 일본과의 해상 교통로에 위치했던 우리나라 서해안의 대표적인 항구였다. 주변을 둘러싸고 있는 산세에 위요되어 아늑한 지형을 이루고 있는 법성포는 매우 독특한 경관을 보여주고 있다. 법성포의 포구에서 마을 뒤편을 두르고 있는 능선을 바라보면 마치 병풍을 두른 것처럼 가로로 길게 펼쳐져 있는 수림대를 볼 수 있다. 바로 영광의 명소인 '법성진 숲쟁이'다. 고려시대 이래 전라도에서 가장 번창한 포구였던 법성포와 마을을 보호하기 위해 인의산(157미터) 자락의 잘록한 능선과 법성진성法聖 鎭城 위에 조성된 숲이다.

숲쟁이에서 한 관광객이 사진을 촬영하고 있다.

법성진 숲쟁이는 어떻게 붙여진 이름일까? 숲쟁이는 무슨
무슨 숲이라고 '숲'에 수식어를 붙여 사용하는 일반적이 호칭
방식이 아니라 '숲'을 앞에 두고 '쟁이'라는 어미를 붙여 사용
하고 있어 자못 궁금증을 갖게 한다. 언뜻 듣기에는 '-장이'
의 방언인 '-쟁이'의 의미로 사용한 것이 아닌가 생각할 수도
있지만, 여기에는 다양한 흥미로운 이야기들이 전해진다. 우
선, 숲재의 재가 법성진성의 성城을 의미한다는 것이다. 말하

자면 숲 자체가 법성진성의 연장선상에서 조성되어 방어적 기능을 했다는 취지의 이름이다. 또 다른 이야기는 숲재의 재가 한자 고개嶺을 말한다는 것이다. 말하자면 '숲이 우거진 고개'를 뜻하는 지명이라고 할 수 있다. 한편, 재 성城도 재 령嶺도 아닌 '숲정이'라는 단순한 표준어의 변음으로 간주하는 견해도 있다. 그리고 위와 같은 '숲정이' 이름에 동의하지만 전혀 다른 이유를 근거로 하고 있는 것도 있다. 숲속에는 동헌샘이라는 우물이 있는데, 이를 원님샘이라고도 하였고 잿샘이라도 불렀다. 원님샘이라는 의미는 일제 강점기 법성진 첨사僉使의 전용 샘이라는 의미로 사용한 것 같고, 잿샘은 숲재森嶺의 샘이라는 뜻으로 사용된 것 같다. 법성포 사람들은 대부분 숲쟁이라고 부르지만, 일부 사람들은 이 샘井과 연관시켜 '숲정이'라고 부르기도 한다. 또 하나 사족을 붙이자면 숲정이는 법성포 말고도 다른 지역에서 사용되는 사례가 더러 있는데 거기서는 '숲林과 정자亭' 혹은 '정자와 같은 숲'이라는 의미로 사람들에게 그늘을 제공하는 쉼터로서의 기능을 강조하기도 한다. 이처럼 이름 하나 가지고도 숱한 이야깃거리가 전해져오고 있다.

이런 다양한 이야기가 혼란스럽게 여겨질 만도 하지만, 법성포 사람들은 개의치 않는다. 이런 저런 이야기들이 오히려 숲쟁이에 대한 호기심을 더 불러일으키기도 하고 즐거움을 배가시키는 역할을 하기 때문이다. 법성진 숲쟁이는 전라남도 기념물 제205호인 법성진성과 전라남도 기념물 제118호이자 국가명승 제22호인 숲쟁이가 동일한 장소라는 점에서 풍성한 이야깃거리가 있는 곳으로 잘 보존하고 가꾸어 나가야 할 소중한 문화유산임에 틀림이 없다.

한편, 숲쟁이는 서쪽 숲쟁이에서 부용교芙蓉橋를 지나면 동쪽 숲쟁이에 이른다. 이 부용교를 경계로 행정구역이 갈린다. 동쪽은 법성리가 되고, 서쪽은 진내리가 된다. 그리고 이 두 마을의 경계선을 따라 법성포와 홍농을 오고가는 842호 지방도로가 통과한다. 동서로 갈린 숲쟁이 지맥을 잇기 위해 부용교를 설치했는데 다리 중앙에 화단을 만들어 흙을 채우고 옥향을 심었다. 숲은 느티나무가 주를 이루고 있는데 법성리와 진내리에 걸쳐 약 2700여 평의 면적에 대략 300미터에 걸쳐 분포되어 있다. 법성리에 느티나무 75주, 소사나무 9주, 진내리에는 느티나무 52주, 소사나무 2주, 팽나무 3주가 있다. 수목의 수고는 15-20미터, 수령은 150여 년 안팎인 것으로 파악되고 있다. 어느 농촌마을이든 마을 어귀에 당산나무 한 그루쯤 서 있지 않은 곳이 없다. 마을의 수호신 같이 왠지 듬직하고 나무그늘 아래서 사람들이 오순도순 모여 앉아 휴식하면서

숲쟁이는 훌륭한 문화유산이지만 법성포 사람들에게는 놀이터이자 쉼터의 역할도 톡톡히 하고 있다.

담소를 나누는 것이 우리 농촌의 일상 풍경이었다. 그런 의미에서 생각해 보면 법성진 숲쟁이는 마을을 지키는 성으로서 기능뿐 아니라 마을 사람들의 심신 안식을 제공하는 공동쉼터이자 커뮤니케이션을 나누었던 곳으로 도시근린공원의 원형이라고 말할 수 있다. 법성진 숲쟁이는 법성포 사람들의 삶의 희로애락이 서려 있는 곳으로 역사적으로나 문화적으로 매우 가치 있는 '마을 숲'이다. 또 마을 전체 경관의 완성도를 높이

기 위해 마을 뒷동산의 자연지형을 자연스럽게 이용해 계획적
으로 식재한 매우 독특한 '경관숲'이다. 우리 정원사, 공원사
에 길이 남을 만한 실용적이면서도 다목적 기능을 한 보기 드
문 '숲정원'이다. 우리가 함께 가꾸어 나가야 할 참으로 소중
한 지역문화유산임에 틀림이 없다.

숲쟁이, 지역문화와 풍토를 담아내다

법성진 마을 숲은 야트막한 마을 뒷동산에 불과하지만 실
제 법성포 사람들에게는 법성포의 랜드마크이자 매우 의미 있
는 향토문화공간이다. 그래서 그런지 법성포 사람들은 숲쟁
이를 아주 각별하게 여긴다. 단순히 숲이 아름답기 때문만은
아니다. 역사적으로 혹은 문화적으로 그들의 삶 속에 깊이 관
여해 왔기 때문이다. 그들은 이 숲의 가치를 이해하고 숲을 지
키기 위해 부단히 노력해 왔을 뿐 아니라 숲속에서 자랑스러
운 향토문화를 키워 왔다. 그런 속내를 알 수 있는 대표적인
전통문화행사가 있는데 바로 '영광법성포단오제'다. 이 단오
제는 고유의식을 올리는 산신제, 주민의 안녕과 마을화합을
기원하는 당산제 등이 바로 이 숲에서 이루어졌다. 또 이 숲

매년 단옷날이 되면 그네타기, 널뛰기 등 다양한 전통행사가 숲쟁이에서 펼쳐진다(영광군 제공).

에서는 오방돌기라는 길놀이가 행해지는데, 이 길놀이는 무형문화제 제17호로 지정된 '영광우도농악'이다. 법성포단오제가 언제 시작되었는지, 어떤 내용으로 시작되었는지는 정확히 알려진 바 없다. 그 이유는 일제 강점기, 한국전쟁 등으로 인해 기록이 소실되기도 하고 전통문화가 훼손되거나 계승이 단절되는 등 많은 우여곡절을 겪은 때문이 아닌가 생각된다. 어쨌든 우리 주변에서 전통문화가 점점 사라져가고 있는 점을 감안하면 법성포단오제도 계승 발전시켜 나가야 할 소중한 문화유산이다.

남도에서는 많은 지역 축제들이 연중 개최되고 있지만, 대부분 지자체 주도로 추진되고 있는 점을 감안하면 주민들이 스스로 필요성을 인식하고 향토문화를 계승하고 있는 법성포 사람들의 자발적인 노력은 칭찬받아 마땅할 것이다. 법성포 숲쟁이에서는 단옷날이 다가오면 오래된 느티나무 숲속에 커다란 그네를 걸어놓는다. 이 아름다운 숲속에서 한껏 멋을 부린 아낙네들이 옷고름 휘날리며 힘찬 몸동작으로 그네 타는 풍경이 눈에 아른거린다.

24

장성 필암서원

필암서원에 들어서면 제일 먼저 반겨주는 건물이 확연루다.
이곳은 주변을 조망하고 모여서 담소와 다과를 즐겼던 곳이다.

소통과 포용의 힘, 필암서원에서 배우다

국가로부터 공인된 호남 최대의 사액서원賜額書院인 장성 필암서원筆巖書院(사적 제242호)이 마침내 유네스코 세계문화유산으로 인정을 받았다. 2019년 7월 6일 아제르바이잔Azerbaijan의 수도 바쿠Baku에서 열린 제43차 유네스코 세계유산위원회 회의에서 필암서원을 포함한 한국의 9개 서원이 세계문화유산으로 등재된 것이다.

필암서원은 1590년 호남유림이 하서 김인후河西 金麟厚, 1510-60의 학문적 업적 등을 추모하기 위해 황룡면 기산리에 사당祠堂을 건립해 위패를 모시면서 시작되었다. 1597년 정유재란으로 소실되자 1624년에 복원하였으며, 1662년 지방 유림들의 상소에 의해 필암서원으로 사액되었다. 서원 이름을 '필암'으로 지은 것은 김인후의 고향인 맥동마을 입구에 있는 '붓처럼 생긴 바위'에서 착안한 것으로 전해진다. 1672년 현재의 위치에 다시 건립하고, 1786년에는 제자이자 사위인 고암 양자징

嚴 梁子徵, 1532-94을 추가로 배향配享하였다. 현재 서원의 기능은 주로 선현의 뜻을 기리고 제사하는 공간으로 인식되고 있지만 원래 강학기능과 인적 교류 등에 있어서도 큰 의미를 지닌 공간이었다. 초기에는 인재를 키우고 유교적 향촌질서를 유지하며, 시정을 비판하는 역할도 하였다. 하지만 후기에 들어 혈연, 지연, 학파, 당파 등과 연계되면서 서원 수도 급격하게 늘어났을 뿐 아니라 원래의 설립 취지에서도 벗어나 적지 않은 폐단이 발생했다. 이에 1871년 흥선대원군은 서원 철폐령을 내렸는데 필암서원은 당시 훼철되지 않은 47개 서원 가운데 하나로 호남의 대표적인 서원이다.

공간배치는 여느 서원과 크게 다르지 않게 공부하는 곳을 앞쪽에 두고, 제사 지내는 곳을 뒤쪽에 배치한 전학후묘前學後廟의 형태를 갖추고 있다. 담소나 토론 혹은 주변 경관을 조망하며 쉼을 즐겼던 확연루廓然樓를 시작으로 강의가 이루어졌던 청절당淸節堂, 그 뒤편에 학생들의 생활공간인 진덕재進德齋와 숭의재崇義齋가 자리 잡고 있다. 그리고 가장 안쪽에 김인후와 양자징을 배향하는 사당 우동사祐東祠가 배치되어 있다. '우동'의 의미는 '하늘의 도움祐으로 인하여 동방에 태어난 이가 하셔다'라는 뜻이다. 편액은 주자의 글씨를 집자한 것으로 전해진다.

서원의 공간구조는 엄격한 절제와 개방감을 적절하게 적용하고 있는 것으로 보인다. 이곳에서 가장 돋보이는 곳은 단연 확연루다. 만약 필암서원에 확연루가 없었다면 이곳 풍경은 과연 어떤 모습일지, 또 사람들에게 어떤 이미지로 보일지 자못 궁금하다. 이곳을 방문한 사람들 대부분이 이 건물 앞에서 인증 샷을 찍는다. 뿐만 아니라 2층 누각에 걸린 파란색 바탕에 흰 글씨의 "확연루廓然樓" 편액에도 눈길을 빼앗긴다. 장중한 글씨체도 그렇지만 누각 이름도 예사롭지 않기 때문이다. 이 편액은 우암 송시열尤庵 宋時烈, 1607-89의 글씨인데 그의 강직한 성품이 잘 드러나 있다. 물론 김인후라는 걸출한 인물과 서원이 가진 역사적 의미를 감안하면 그저 건물이 어떻고 풍경이 어떻고 하는 얘기는 부질없을지도 모르겠다. 다만 필암서원에서 확연루의 존재감에 대해 말하고 싶다.

아울러 서원에 왜 2층 누각이 필요했는지에 대해서도 생각해 볼 필요가 있다. 사람은 누구나 높은 곳에서 풍경을 내려다보는 로망을 가지고 있다. 굳이 바벨탑까지 소환하지 않더라도 파리 에펠탑을 비롯해서 세계 유수의 도시에는 그 도시를 상징하는 탑이 세워져 있다. 반드시 탑이 아니더라도 상업건물이나 아파트 등의 초고층화가 이루어지면서 강조되는 것이 다름 아닌 '조망권'이다. 그들이 말하는 일명 '조망권'은 터무

오래된 은행나무와 필암서원 전경.

니없이 부동산 가치를 올리는 수단으로 활용되고 있지만, 진정한 조망의 의미를 되새겨 볼 필요가 있다.

확연루에 오르면 안쪽으로는 강당건물인 '청절당淸節堂'을 비롯하여 생활공간이 보이고 바깥쪽으로는 근경과 원경이 파노라마처럼 펼쳐진다. 평소 자신의 눈높이에서는 볼 수 없었던 풍경들이다. 시점이 달라지면 보이는 것들 또한 달라진다는 평범한 진리가 여기에 숨어 있다. 확연루의 '확연'은 '확연대공廓然大公'에서 따온 말로, '거리낌 없이 넓게 탁 트여 크게 공평무사하다'는 의미다. 이는 널리 모든 사물에 사심 없이 공평한 성인聖人의 마음을 배우는 군자의 학문하는 태도를 말한다. 누각 이름을 지은 연유를 기록한 《확연루기廓然樓記》에 의하면 '정자程子의 말에 군자의 학문은 확연하여 크게 공정하다 했고, 하서 선생은 가슴이 맑고 깨끗해 확연하며 크게 공정하므로' 우암 송시열은 특별히 '확연'이란 두 글자를 택했다고 한다. 시점 혹은 관점을 바꾸는 일, 요컨대 역지사지易地思之는 우리가 배워야 할 소중한 덕목 가운데 하나다.

확연루는 필암서원의 얼굴로서의 풍경적 가치와 더불어 현대를 살아가는 우리에게 꼭 필요한 배려와 포용의 철학적 가치를 담고 있다. 그런 의미에서 보면 백화정百花亭을 비롯한 우리 주변에 산재해 있는 수많은 누정들도 마찬가지다. 사실, 중국의 절대적인 영향을 받았던 성리학에 기반을 둔 당시 지식인들의 학문적 성향을 감안하면 그나마 자연과 삶을 관조하며 우리 실정에 맞는 실사구시實事求是의 가치를 찾고자 노력한 지식인들의 고뇌를 엿볼 수 있는 공간이기도 하다. 당시 뜻을 같이하던 사람들 간에는 많은 교류가 이루어졌고 김인후는 그 정점에 서 있었던 것으로 알려져 있다. 대표적으로 필암서원에 김인후와 함께 배향된 제자이자 사위인 양자징梁子澂, 1523-94

확연루에서 조망되는 필암서원 내부 풍경.

의 부친 양산보와 소쇄원에서의 교류는 잘 알려진 사실이다. 김인후는 기묘사화己卯士禍에 연루되어 화순에서 유배생활하던 스승 신재 최산두新齋 崔山斗, 1483-1536를 찾거나 화순적벽 송정순宋庭筍, 1521-84의 물염정勿染亭에 들러 교분을 나누었던 것으로 전해진다. 마침 그 중간에 소쇄원이 있어 오고가는 도중에 반드시 들러 차 한 잔이라도 나누었던 것으로 알려지고 있다. 1548년 어느 여름날 소쇄원에서 사촌 김윤제沙村 金允悌, 1501-72 등과 함께 담소를 나누며 풍광을 노래했는데 그것이 바로 소쇄원 제월당에 제액으로 걸려 있는 그 유명한 '소쇄원48영'이다. 이 풍경은 1755년 목판에 새긴 '소쇄원도瀟灑園圖'에 오롯이 담겨 있다. 김인후는 사람을 좋아하고 자연을 좋아했으며 풍류를 아는 사람이었다. 그는 평생 인의예지仁義禮智를 중시하고 몸소 실천하고자 노력한 것으로 알려지고 있다. 그것은 지금까지 호남정신의 든든한 토대가 되고 있다.

온갖 들꽃으로 가득한 백화정에서 자연가를 읊다

장성군 황룡면 맥호리 193번지, 바로 김인후가 태어났던 생가 터다. 이곳에 생가는 볼 수 없고 백화정이라는 소담스런 정자 하나가 있다. 1552년에 건립된 하서의 외헌外軒을 복원한 것이다. 백화정百花亭이라는 이름은 중국 소동파蘇東坡, 1036-1101가 해주에 귀양 가 있을 때 성 밖의 서호西湖를 보고 지은 〈강금수사 백화주江錦水榭 百花州〉라는 시에서 따온 것으로 보인다. 집 앞 달걀 모양의 난산卵山이 조망되고 주변의 대나무 숲으로 둘러싸인 자그마한 백화정은 그 이름처럼 주변이 온갖 들꽃으로 가득했던 모양이다. 이곳은 하서의 휴식공간이자 창작

김인후의 생가터 옆에 세워진 백화정. 백 가지 꽃을 볼 수 있는 곳이라는 의미를 지녔다.

공간이었고, 또 많은 지인들과 차를 마시고 토론했던 교류공
간이었다.

하서는 1549년에 순창에서 〈대학강의발大學講義跋〉, 〈천명도天
命圖〉를 짓고 1550년에 본가로 돌아온 후 10여 년 동안 오로지
학문에만 전념한 것으로 전해진다. 퇴계 이황退溪 李滉, 1501-70, 석
천 임억령石川 林億齡, 1496-1568, 면앙정 송순俛仰亭 宋純, 1493-1583, 미암
유희춘, 고봉 기대승 등과의 교유交遊는 물론이고 그의 심오

필암서원의 담장과 굴뚝은 훌륭한 조형물이 되어 준다.

한 도학道學을 집약한 〈주역관상편周易觀象篇〉, 〈서명사천도西銘事天圖〉 등의 저술이 모두 이곳에서 이루어졌다. 시작詩作에도 각별한 소질을 보였던 그는 1600여 수의 시도 남겼다. 백화정에서 탁 트인 자연을 조망하고 뜰에 핀 온갖 꽃百花을 감상하며 자연의 이치를 배웠을 것이다. 그는 궁극적으로 사람은 자연에 순응하며 살아야 한다는 삶의 본질을 터득했던 것 같다. 그것은 《하서집河西集》에 실려 있는 〈자연가自然歌〉*에 너무나 잘 나타나 있다.

　청산도 절로절로 녹수도 절로절로靑山自然自然 綠水自然自然
　산 절로 물 절로 산과 물 사이 나도 절로山自然 水自然 山水間我亦自然
　아마도 절로 난 몸이라 늙기도 절로절로已矣哉 自然生來人生 將自然自然老

　말하자면 푸른 산도 자연이고, 푸른 물도 자연이며 그 산과
물 사이에 살고 있는 자신도 자연이라고 여기며 자연의 섭리
에 따라 순리대로 생각하고 자연과 조화되는 삶을 추구하고자
했음을 알 수 있다. 백화정에 피어 있는 소박한 들꽃처럼 몇
마디 되지 않은 〈자연가〉는 학문과 삶을 대하는 그의 자세가
어떠했는지를 짐작하게 한다.

* 김상일 편저, 《하서 선생 약사 · 각제유고》, p.34, 1984, 전남대학교 출판부.

25

해남 대흥사

두륜산이 품은 대흥사로 들어가는 일주문과 주변 풍경.

세계가 인정한 남도문화유산 해남 두륜산과 대흥사

최근 반가운 소식이 하나 있었는데 우리나라 산사 가운데 일부가 유네스코 세계유산에 등재되었다는 내용이다. 2018년 7월 1일 전남 해남 대흥사와 순천 선암사를 포함한 경남 양산 통도사, 경북 영주 부석사, 경북 안동 봉정사, 충북 보은 법주사, 충남 공주 마곡사 등 전국 7개 사찰로 구성된 '산사, 한국의 산지승원'이 유네스코 세계유산으로 등재된 것이다. 유네스코는 "천년산사 7개소가 탁월한 보편적 가치Outstanding Universal Value를 인정받게 되어 세계유산 목록 중 문화유산Cultural Heritage 으로 등록되었다"고 밝힌 바 있다. 자랑스럽게도 두륜산과 대흥사는 이제 세계인의 문화유산으로서 위상을 얻게 되었다.

세계가 인정한 대흥사의 매력은 무엇인가? 사실 사찰은 종교적 가치 외에도 입지 특성, 건축 및 공간구성, 자연 풍경, 조형물 등 이루 헤아릴 수 없이 많다. 우리 역사문화자원 가운데 이처럼 복합적인 자원을 한곳에서 만날 수 있는 장소가 과

연 얼마나 있을까. 그리 흔한 일은 아니다. 특히 개발의 폐해
로부터 비교적 자유로웠던 사찰은 역사적 자원이 원형에 가깝
게 남아 있는 경우가 많다는 점에서 더욱 가치가 있다. 실제
로 '산사, 한국의 산지승원'은 신앙행위와 수행자의 삶이 공존
하면서 이어져 온 독특한 문화유산이다. 게다가 1500여 년 동
안 사찰은 가장 한국적인 건축기술을 계승하고 있을 뿐 아니
라 마을이나 도시의 공간 디자인에 모티브를 제공하는 등 다

양한 가치를 지니고 있다. 우리나라 산사의 대부분은 탄성을 자아낼 만한 명소에 위치해 있다. 특히 대흥사는 차경수법借景手法이 가장 돋보인 산사 가운데 하나다. 차경은 주변 풍경을 차용借用한다는 뜻인데 주변과 상호 조화, 풍경 조망, 자연과의 소통 등을 중시하는 기법이다. 그런 의미에서 산사는 주변 자연 풍경에 일종의 빚을 지고 있는 셈이다. 빌려온 풍경의 대가代價를 지불해야 하는 것이 당연한 이치인데, 최고의 변제방법은 자연을 지키고 아름답게 가꾸어 자랑스럽게 후대에 물려주는 일이 아닐까.

두륜산에는 많은 보물이 숨겨져 있는데 그 가운데 하나가 바로 '천년나무'다. 이 천년나무는 두륜산 정상 아래 만일암 터에 위치해 있는데, 가련봉으로 가는 등산로 8부 능선에 마치 숲을 호령하듯 늠름하게 서 있다. 수고는 22미터, 둘레 9.6미터의 느티나무로 수령이 무려 1000년을 훌쩍 넘은 것으로 추정되어 이미 오래전부터 '천년수千年樹'로 불리고 있다. 이 나무와 관련해서 흥미로운 전설도 전해진다. '천상계율天上戒律을 어겨 하늘에서 쫓겨난 천동과 천녀가 천년나무에 해를 매달아 놓고 하루 만에 북미륵암 마애여래좌상(국보 제308호)을 완성했다'는 이야기다. 공교롭게도 전라남도는 전라도 정도천년定道千年을 기념하기 위해 1000년된 나무를 찾는 과정에서 이

전라도 정도천년을 기념하기 위해 '천년수'로 선정된 느티나무가
대흥사 뒤 두륜산에 씩씩하게 서 있다.

곳 느티나무를 전라도 정도천년을 상징하는 '천년수'로 공식
지정하게 된 것이다. 고려사에 의하면 995년(고려성종 14년)에
지금의 전북 일원을 강남도江南道라고 하고 전남과 광주 일원
을 해양도海陽道라고 했다. 이후 1018년(고려 현종9년)에 행정구
역을 개편하게 되어 강남도와 해양도를 합치게 되었는데 당
시 대표도시였던 '전주全州'와 '나주羅州'의 첫 글자를 따서 '전
라도全羅道'라고 명명했다. 그렇게 이름이 붙여진 지 2018년이

1000년이 되는 해다. 어쨌든 두륜산과 대흥사는 겹경사를 맞게 된 셈이다.

이렇게 유서 깊은 두륜산과 대흥사는 그밖에도 자랑거리가 참 많다. 대흥사로 걸어가는 묘미 가운데 하나는 요소요소에 설치된 다리橋들을 만날 수 있다는 점이다. 첫 번째 건너는 다리가 현무교이고 이어서 장춘교, 운송교, 반야교 등 줄줄이 10여 개의 다리를 만날 수 있다. 다리가 만들어진 시대나 형태도 달라서 구경하는 재미가 쏠쏠하다. 입구에서 사찰까지는 대략 2킬로미터 정도인데 다리와 계곡 풍경이 주는 재미 외에도 중간 중간에 만나는 다양한 풍경이 자못 흥미롭다. 무엇보다 울창한 수림이 인상적이다. 그래서 차도를 살짝 빗겨 샛길로 가다 보면 다양한 숲길들도 만날 수 있다. 두륜산의 자랑인 동백숲길은 물론이고 소나무숲길, 왕벚나무숲길 등이 명품길이다. 특히 왕벚나무가 개화하는 봄에는 눈 둘 곳 없을 정도로 아름다워 많은 사람들의 발길을 재촉한다. 사실 벚꽃을 얘기하면 자연스레 일본이 떠오르겠지만, 왕벚나무만큼은 두륜산이 자생지다. 이곳에서 자생하는 왕벚나무는 한라산의 왕벚나무와 더불어 우리나라 고유종으로 인정받아 천연기념물 173호로 지정되었다. 그밖에도 두륜산에는 동백나무, 후박나무, 붉가시나무, 보리수나무 등 총 11과 837종의 다양한 식물

천년수 옆에 자리 잡은 옛 암자(만일암)터에
오래된 석탑이 세월을 말해 주고 있다.

이 자라고 있다. 형형색색의 식물들이 사계절 아름답고 생동감 있는 풍경을 연출하고 있다.

두륜산의 봄은 다른 지역보다 훨씬 길다고 한다. 그 이유는 두륜산 풍경이 너무 아름다워 봄이 좀 더 머물다가기 때문이라고 한다. 이곳 지명이 장춘동長春洞인 것을 보면 그와 무관치 않은 것 같다. 대흥사를 향해 진입하다 보면 일주문을 목전에 두고 놓쳐서는 안 되는 아담한 한옥이 눈에 띄는데 바로 유선관遊仙館이다. 유선관은 우리나라에서 가장 오래된 여관으로 알려져 있는데 마치 외갓집에 온 느낌을 주는 아늑한 곳이다. 한옥의 고색창연한 기와지붕과 굴뚝, 손때 묻어 번질번질한 기둥과 툇마루 등이 고스란히 남아 있다.

마침내 일주문을 들어서면 제일 먼저 눈길을 끄는 것이 있는데 승려의 사리나 유골 등을 안치한 부도전이다. 대흥사의 부도전에는 부도 56기, 탑비 17기로 규모면에서 국내 사찰 가운데 최대일 뿐 아니라 대흥사의 13대 종사와 13대 강사 등 고승들의 부도와 탑비들이 모여 있다. 종교적으로 신성한 곳이지만 다른 관점에서 보면 이곳은 마치 최고의 걸작들을 모아 놓은 아름다운 조각정원처럼 느껴진다. 오랜 세월 풍화로 인해 한층 깊어진 석재표면의 질감, 미묘한 돌 색깔 차이로도 시대를 구분할 수 있을 것만 같다. 탑의 상단과 하단에 새겨진 동물 형상들이 주는 상징성과 조형성, 그리고 석조물 기둥에 빼곡히 새겨진 역사적인 기록 등은 주변에서 쉽게 접할 수 있는 풍경은 아니다. 그저 종교적인 장소로 치부하면서 그냥 지나쳐버릴 수도 있지만, 우리 선조들이 살았던 시대의 생생한 삶의 이야기가 녹아 있다. 만약 영국박물관The British Museum이나 프랑스 루브르 박물관musee de louvre에 전시되어 있다면 긴 줄 서는 것을 마다하지 않았을 것이다. 서산대사는 제자들에게 유훈을 남겼는데, "두륜산은 진기한 꽃과 풀들이 철마다 아름다운 절경을 이루고 면綿과 비단 등의 직물과 온갖 농산물이 풍족하게 영원히 줄어들지 않을 땅이다. 그러므로 나는 두륜산이 영원히 오래오래 보존될 땅이라고 본다". 그의 안목이 틀린 것 같지는 않다. 두륜산과 대흥사는 세계가 주목하는 곳이 되었다. 지키고 가꾸고 빛내는 일은 이제 우리의 몫이 아니겠는가.

우리나라 차 문화의 성지 일지암, 그리고 초의선사

일지암은 초의선사草衣禪師, 1786-1866의 호를 따서 지은 암자인데, 그가 40여 년간 머물렀던 곳으로 한국 차 문화의 경전이라고 불리는 〈동다송東茶頌〉, 〈다신전茶神傳〉 등을 집필하며 보냈던 곳이다. 일지一枝는 '나뭇가지 하나로도 족하다'라는 뜻으로 중국 당나라의 시승詩僧인 한산寒山의 시구절(琴書5)에서 따온 것이다.

내가 늘 생각하노니 저 뱁새도常念焦瞭鳥
한 몸 편히 쉴 곳은 나뭇가지 하나에 있음을安身在一枝*

요컨대 작은 뱁새도 두 가지를 욕심내지 않고 한 가지로 자족하는 것을 보고 자신도 그렇게 살고자 하여 이름을 붙였다고 한다. 그래서 그런지 일지암은 암자라기보다는 아담한 전통찻집 같은 느낌을 받는다. 자그마한 초당도 정겹지만 나란히 서 있는 '자줏빛 토란과 붉은 연꽃'이란 뜻의 자우홍련사紫芋紅蓮社라는 본채도 독특한 누마루 때문인지 친근감을 더한다. 여기서 얼마나 많은 사람들과 그토록 좋아했던 차를 마시며 정담을 나누었을까 잠시 생각에 잠겨본다. 아암 혜장 스님, 다산 정약용, 추사 김정희, 소치 허련 등 수많은 다인茶人과 이곳에서 차를 마시며 교분을 나눈 것으로 알려져 있다. 그들은 금

* 이선희, 한산자의 사상편력신석-독립충정을 중심으로-, p.165, 〈중국어문논총 제58집〉.

작은 암자(일지암)와 누마루, 연못을 갖춘 아담한 정원(茶庭)에서
초의선사는 소박한 삶을 몸소 실천했다.

방 서로의 고상한 인품에 매료되어 불교와 유학, 예술 등 폭넓
은 분야에 관심사를 공유하며 인연을 이어간 것으로 전해지고
있다. 무엇보다 차를 사랑하는 공통점을 가졌기에 각별한 사
이가 되었던 것이다.

 일지암 주변은 온통 차茶와 관련된 것들로 가득 차 있다. 우
선 차밭이 있고, 차를 마시는 다실茶室과 다정茶亭, 물맛 좋기로
소문난 백운천이라는 다천茶泉이 있으며 차를 달이던 평평한

바위인 다조茶竈 등이 있다. 또 일지암 연못 석축 사이 넓적 돌에 새겨진 다감茶龕이라는 글자도 예사롭지 않다. 초의가 직접 새긴 것으로 다선삼매茶禪三昧, 요컨대 '차를 매개로 하여 득도의 경지에 이르는 곳'이라는 점을 강조한 것으로 보인다. 또 초당 뒤의 바위틈에서 새어나오는 물이 나무대롱으로 연결되어 돌확으로 넘쳐흐른다. 무엇보다 눈여겨보아야 할 것이 있는데 일지암 초당과 자우홍련사 사이에 조성한 소박한 연못정원이다. 연못은 상지上池와 하지下池로 구분되어 있는데 적절한 단차를 두어 낙수 소리를 즐겨 들었을 법하다. 좀 더 가까운 곳에서 정원을 감상하고 싶었던 것일까 누마루를 연못에 바짝 붙였는데 아예 누마루를 받치는 기둥을 연못 속에 세웠다. 마치 건장한 청년이 다리근육을 드러낸 채 맨발을 담그고 있는 것처럼 보인다. 물로 채워진 연못에 세우다 보니 목재 대신 석재를 사용할 수밖에 없었을 것이다. 네모난 돌판을 마치 시루떡처럼 겹쳐 쌓아 올린 돌기둥이 운치를 더한다. 이 누마루 석조기둥은 어디에서나 흔히 볼 수 있는 구조는 아니다. 그래서 지금은 일지암을 상징하는 대표적인 풍경이 되고 있다.

이렇게 차를 마시며 감상하는 정원을 다정茶庭이라고 부른다. 작은 암자와 누마루, 그리고 연못을 갖춘 아담한 정원은 차 맛을 돋우기에 충분한 것 같다. 어디 그뿐인가 차 한 모금

입안에 머금고 고개를 들면 대흥사를 휘감은 두륜산 능선들이 마치 수묵화처럼 시야를 꽉 채운다. 이 조그마한 암자와 소박한 정원이 우리나라 차 문화의 성지라고 생각하니 더욱 차분해진다. 차는 사실 단순한 음료가 아니다. 차는 사람과 사람을 이어주는 중개자 역할을 해 줄 뿐 아니라, 바쁜 일상으로부터 잠시 쉼을 갖게 하며 무엇보다 무한한 사유思惟를 허용한다. 자그마한 찻잔을 통해 전해지는 따스한 정과 끊임없이 흘러나오는 풍성한 이야기꽃이 어떠했을지 그저 상상만 해 볼 따름이다. 당시 초의, 다산, 추사, 소치 등은 나이와 신분, 학문과 종교의 벽을 뛰어넘어 진솔한 만남을 이어갈 수 있었다. 이것이 차가 지닌 위력이자 진정한 매력이 아닐까.

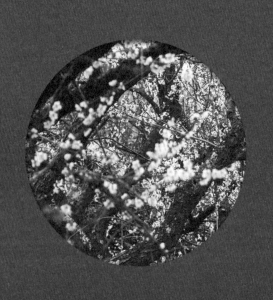

26

해남 보해매실농원

해마다 봄이 되면 맨 먼저 봄의 전령사를 자처하는 매화가
흐드러지게 피어 있는 보해매실농원 풍경.

남쪽 땅 끝에서 전해오는 봄의 전령사, 매향

춘래불사춘春來不似春, '봄이 와도 봄 같지 않다'라는 뜻을 가진 고사성어다. 절기로는 분명 봄이 왔건만 봄 같지 않은 추운 날씨가 이어질 때도 사용하지만, 좋은 시절인데도 상황이나 마음이 여의치 않은 경우 은유적으로 표현하는 말이다. 중국 절세미인 왕소군王昭君의 슬픈 사연을 노래한 당나라 시인 동방규東方虯의 시 〈소군의 원망昭君怨〉에서 유래되었다. 《한서漢書》, 《후한서後漢書》, 《서경잡기西京雜記》* 등에 등장한 이야기의 줄거리는 대략 이렇다.

기원전 1세기(BC 33년), 한나라 원제元帝(한 무제의 조부) 시절, 북방의 오랑캐라 불리던 흉노는 흡사 비 온 뒤에 초원에 풀이 자라듯 무럭무럭 세력을 키워가고 있었다. 급기야 '호한야선우呼韓邪單于'에 이르러서는 세력이 중원을 집어삼킬 정도로

---

* 유태규, 왕소군변문연구, pp.99-102, 1990, 〈중국문학연구 제8집〉.

막강해졌다. 북방 오랑캐에 관한 한 극심한 열등감을 갖고 있던 한나라 조정은 궁여지책으로 선우의 요구대로 한나라 궁궐의 한 궁녀를 시집보내기로 한다. 누굴 보낼까 고심하다가 왕실 여자들 중 가장 못생긴 여자를 보내야겠다고 결심했다. 워낙 후궁들이 많아 평소 화공들이 그린 여인들의 초상화를 참고하여 선택하곤 했었는데 이때도 다를 바 없이 그들이 그린 그림 중에 제일 못생긴 여인을 골라 보내기로 했다.

왕소군은 화공들에게 평소 뇌물을 먹일 줄 몰라서 뇌물을 준 다른 여인들에 비해 훨씬 못생기게 그려졌다고 한다. 그림만 보고 판단한 황제는 제일 안 예쁜 왕소군을 보내기로 결정했다. 마침내 시집보내는 날 말을 타고 떠나는 그녀의 얼굴을 보았는데, 어찌된 일인가 이제껏 본 여인 중에 가장 아름다운 여인이 아닌가. 화가 머리끝까지 치민 황제는 즉시 화공 모연수毛延壽를 불러 참형에 처하고 여인의 뒷모습만 바라보며 그저 안타까워할 수밖에 없었다고 한다. 이렇게 억울하게 고향을 떠난 여인이 바로 왕소군이다. 이국땅에서 고향을 그리워할 그녀의 심정을 대변하듯 시인 동방규가 이렇게 노래했단다. '오랑캐 땅엔 꽃도 풀도 없으니胡地無花草 봄은 왔건만 봄이 아니로구나'. 이것이 소위 '춘래불사춘'이다. 아무리 외롭고 그리워도 고향으로 돌아갈 수 없었고 저절로 허리띠가 느슨해질 만큼 야위어갔으니 봄이 와도 봄이 아니었을 것이다.

우리에게 봄은 어떤 의미인가? 영국의 시인 홉킨스Gerard Hop-kins, 1844-89는 이렇게 봄을 노래했다.*

어찌 봄처럼 아름다운 것이 있으랴 …
잡초들은 길고 아름답고 무성하게 활처럼 뻗어나오고,
지빠귀 알들은 흡사 작고 낮은 하늘만 같으며
나무를 울리는 지빠귀는 이토록 귀를 헹구고 쥐어짜니
그의 노랫소리를 듣노라면 번개를 맞은 듯하다.
반들거리는 배나무의 잎과 꽃들은 내리는 푸름에
몸을 비비니, 그 푸름이 일순간 천지에 가득하고
질주하는 양들 또한 아름답게 깡충깡충 뛰고 있다.

또 김용택 시인은 〈봄날〉이라는 짧은 시를 통해 봄꽃 매화를 예찬하기도 했다.

나
찾다가

* 제라드 홉킨스 저, 김영남 역, 《홉킨스 시선》, p.80, 2014, 지식을 만드는 지식.

텃밭에
흙 묻은 호미만 있거든
예쁜 여자랑 손잡고
매화꽃 보러 간 줄 알아라.

그렇다, 봄은 분명 활기며 기쁨이다. 그것을 가장 품위 있게
전하는 전령사가 있으니 바로 꽃이다. 봄꽃들 중에 가장 먼저
활기와 기쁨을 알리는 꽃은 단연 매화가 으뜸이다. 봄에 매화
이야기를 결코 빠뜨릴 수는 없는 이유다. 술의 명가 보해(주)
는 일찍이 1978년 땅 끝 해남에 총 14만 평 규모로 1만 4000여
그루의 매실수를 심었다. 말하자면 매실주 등 술 원료로 사용
하기 위해 회사가 직접 재배하고 있는 것이다.

보해양조(창업자 고 임광행)는 지난 1950년 2월 18일 설립된
67년 전통의 주류회사이자 호남을 대표하는 향토기업이다. 현
재 생산공장은 '약수藥水의 고장'으로 유명한 장성에 위치해 있
고 본사는 목포에 두고 있다. 보해는 향토기업으로서 지역민
의 고용을 창출하고 지역특산물 판매에 많은 관심을 가졌다.
이런 취지로 지역에서 자란 농산물을 원재료로 하여 생산한
술이 매취순, 복분자주 등이다. 매취순은 88서울올림픽 때 대
한민국을 대표하는 전통주로 세계 각국의 귀빈들에게 공식 전

햇살 따스한 봄날
연인들은 사랑에 취하고 매화의 향연에 취한다.

달되었으며 고급 매화주인 '매취백자'와 '매취장승'은 2005년 APEC정상회의 등 각종 국제회의 건배주로 채택되기도 했다. 이듬해 국제와인대회에서 은메달, 동메달을 연거푸 수상하며 세계적 명주대열에 합류하게 되었다. 향토기업이 지역사회에 기여할 수 있는 방법은 다양하다. 그 가운데 이처럼 생산물을 수확하고 고용을 창출하며 나아가 지역민의 커뮤니티 공간으로서 역할을 할 수 있다면 더 할 나위 없을 것이다. 보해매실 농원은 단순한 농원이 아니다. 봄을 만끽하고 싶은 사람들이 기다리는 남도 최고의 '봄맞이 정원'이 되고 있다.

춘래불사춘, 요컨대 봄인 듯 아닌 듯 애매한 시기에 확신을 주는 전령사가 있으니 그것이 바로 매화다. 봄이 시작되는 3월 중순부터 4월 초순에 걸쳐 황토밭으로 유명한 해남군 산이면山二面 일대 전원田園을 온통 매화로 물들인다. 하얀 매화가 주를 이루지만 간혹 붉은 매화와 어우러져 몽환적 분위기를 연출하기도 한다. 40여 년을 키운 매실나무는 가지와 가지들이 서로 엉켜 지붕을 만들고 푸릇푸릇 올라오는 봄풀들은 양탄자를 대신한다. 한 폭의 동양화로 완성된 매원梅園을 찾은 소풍객들은 일찌감치 돗자리를 펴고 봄바람에 하얀 눈처럼 흩날리는 매화꽃잎과 그윽한 매화향기에 한껏 취하고 만다. 매원에는 매화만 있는 것은 아니다. 동백나무가 매원 길 양쪽에 줄지어 심어져 있어 마치 붉은 동백꽃이 장식된 운치 있는 회랑을 걷는 것처럼 느껴진다.

매화의 유익함을 어찌 말로 다할 수 있겠는가. 이렇게 고상하고 품위 있는 꽃이 또 어디 있으랴. 사람들의 활기와 기쁨을 위해 꽃으로, 열매로, 향기로, 그리고 사람들의 봄맞이 장소로 기꺼이 자신을 내어준다. 이 얼마나 아름답고 속정 깊은 봄의 화원花園인가. 문득 몇 해 전 광장촛불문화제 뉴스 속에서 눈길을 끌었던 피켓 문구 하나가 떠오른다. "박○○ 없는 봄이 봄이다!" 이것이 '춘래불사춘'이었구나. 매화 향기 없는 봄을 어찌 봄이라고 할 수 있겠는가.

매화의 품격

매화는 아직 잔설이 남아 있는 초봄에 어떤 식물보다 먼저 꽃을 피운다. 흰색 꽃이 일반적이고 후각을 자극하지 않는 은은한 향기를 지니고 있는 것이 매력이다. 이런 매화의 특성이 선비들의 유교적 윤리관과 결합하여 의인화하고, 또 상징화하면서 정원수로서 위상을 공고히 하게 되었다. 성삼문은 그의 〈매은정시인梅隱亭詩引〉에서, "매화란 것이 맑고 절조가 있어

매화꽃은 벌에게 꿀을 내어주고, 벌은 보답으로 매실을 맺게 해 준다.

사랑스러우며, 맑은 덕을 가지고 있어 공경할 만하다"고 했고, 안민영은 〈영매가詠梅歌〉에서 매화를 "아치고절雅致高節(우아한 풍치와 고상한 절개)"이라는 말로 표현하기도 했다. 옛 선비들이 흠모하던 은일처사 가운데 특히 매화와 관련된 인물로 임포林逋라는 사람이 있다. 포선이라 불리기도 했던 그는 중국 송나라 때 사람으로 매화를 무척 사랑했다고 한다. 그는 벼슬을 하지 않고 자연 속에 묻혀 살다가 훗날 항주로 돌아와 서

호西湖 인근에 집을 짓고 '매화를 아내로 삼고以梅爲妻 학을 자식으로 삼아以鶴爲子' 평생을 청빈하게 살았다고 한다. 우리나라를 대표하는 화가 중 한 사람인 김홍도 역시 매화를 무척 사랑했다. 하루는 어떤 사람이 매화나무를 팔려고 왔지만, 김홍도는 돈이 없어 살 수 없었다. 마침 어떤 사람이 김홍도에게 그림을 청하고 그 사례비로 3000냥을 주자, 김홍도는 2000냥으로 매화나무를 사고 800냥으로 술을 사서 친구들과 함께 마셨다. 그래서 이를 두고 '매화음梅花飮'이라고 한다.

매화나무는 오래전부터 우리나라 각지의 야산이나 평지에서 흔하게 볼 수 있고, 또 뜰에 식재되어 관상용으로도 감상하던 나무다. 매화는 다섯 장의 순결한 백색 꽃잎을 가진 아름다운 꽃으로 꽃말은 '기품', '품격'이고 주로 문인이나 화가들의 시詩 · 서書 · 화畵에 약방의 감초처럼 등장하며 사랑을 받아왔다. 매화는 장미과에 속하며 꽃을 강조한 이름이다. 열매를 강조할 땐 매실나무로 부른다. 잎보다 꽃이 먼저 피는 매화는 다른 나무보다 꽃이 일찍 피기 때문에 꽃의 우두머리라 하여 '화괴花魁'라 칭하기도 한다. 뿐만 아니라 어릴 적 마을 뒷동산이나 마당 한쪽에 다소곳이 자리 잡고 있는 매화나무 한 그루쯤 어렵지 않게 볼 수 있었을 만큼 사람들에게 친근한 나무라고 할 수 있다. 그러나 매화는 덧없이 피었다가 지고 마는 것

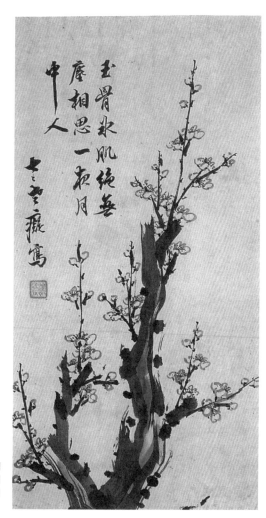

옥뼈에 얼음 살결은 아무때도 없어
玉骨氷肌絕無塵

한밤 달 아래 임을 그린다
相思一夜月中人

칠십칠 세 노치
七七老癡

매화는 사군자 중 맨 먼저 나오는 식
물로, 절개와 고결함을 상징한다(매
화8곡 병풍 가운데 첫 번째 그림, 개
인소장).*

* 《진도가 낳은 소치 허련(탄생 200년)》, p.90, 2008, 소치 허련 탄생 200주년 기념행사 운영
  위원회.

이 미인의 모습 같다고 하여 예부터 곧잘 미인에 비유되곤 한다. 또 매화는 한평생을 혹독하게 살더라도 결코 그 향기를 팔아 안락함을 구하지 않는다고 하여 고결함을 상징한다. 절개의 상징인 매화와 댓잎을 비녀에 새긴 것이 '매화잠梅花簪'이다. 머리에 꽂아 일부종사의 미덕을 언제나 마음속으로 다짐했다고 한다. 축일에 부녀자가 머리에 매화를 장식梅花粧하는 것도 그 때문인 듯하다.

매화의 맑고 밝은 꽃잎과 깊은 꽃향기, 무엇보다 추위를 이기고, 꽃을 피워 봄을 먼저 알리기에 불의에 굴하지 않는 의로운 선비정신의 표상이 되어 왔다. 선비정신의 원류는 중국 북송시대의 《범중엄范仲淹》의 〈악양루기岳陽樓記〉* 중 끝부분에는 "천하 사람들이 근심할 일을 앞장서서 근심하고, 천하 사람들이 모두 즐거워진 후 맨 나중에 즐거워하겠다"는 대목이 나온다. 자고로 선비는 세상의 문제를 그 누구보다도 먼저 걱정해야 한다. 이러한 선비정신은 오늘날 필요한 지도자상이 아닌가 싶다. 또 매난국죽梅蘭菊竹, 사군자에 당당히 이름을 올리며 많은 문인과 화가들의 사랑을 독차지해 왔다. 겨울에도 푸름을 잃지 않는 소나무松와 대나무竹, 그리고 매화를 세한삼

* 신용호 역, 《고문진보후집》, 〈악양루기〉, p.270, 전통문화연구원(사).

우歲寒三友라 하여 추운 날 의지할 만한 세 벗으로 여기며 작품 소재로 즐겨 다루어지기도 했다.

매화나무는 꽃이 피는 시기에 따라 일찍 피면 '조매早梅', 추운 날씨에 핀다면 '동매冬梅', 눈 속에 핀다고 '설중매雪中梅'라고 부르기도 한다. 아울러 색에 따라 하얗다면 '백매白梅', 붉은 색을 띄면 '홍매紅梅'라고 부른다. 남도는 한반도에 가장 먼저 꽃소식을 알리며 얼어붙은 대지에 따스한 봄 향기를 전한다. 봄나들이의 대표적인 명소가 된 섬진강변 광양 매화마을, 해남 보해매실농원은 이제 봄꽃정원의 상징이 되고 있다. 또 오랫동안 한곳에 고고하게 자리를 지키며 장소의 품격을 높이고 있는 명품 매화나무들이 참 많다. 화엄사의 화엄매, 선암사의 선암매, 송광사의 송광매, 백양사의 고불매, 대흥사의 초의매, 전남대학교의 대명매, 담양지실마을 계당매, 광주 충효동 환벽당의 홍매 등이다.

이 봄이 다 지나가기 전에 서둘러 봄소식을 전하는 매화꽃을 찾아 떠나보는 것은 어떨까. 무엇보다 추운 겨울을 무던하게 견뎌내며 피워낸 그윽한 꽃향기를 맡으며 그들이 오늘을 사는 우리에게 전하는 메시지는 과연 무엇인지 한번쯤 음미해보는 것도 의미 있는 봄맞이가 아닐까.

술 익어가는 오래된 풍경

해남하면 떠오르는 이미지가 무엇일까? 어떤 사람은 '땅끝' 혹은 고산 윤선도孤山 尹善道, 1587-1671의 가문과 녹우당綠雨堂을 떠올릴 것이다. 만약 문화재에 관심이 있는 사람이라면 대흥사나 미황사를 생각할 수도 있다. 또 조류鳥類와 생태에 조예가 깊은 사람이라면 국내 최대의 갈대군락지이자 철새도래지인 고천암호湖를 말할 수도 있다. 뿐만 아니라 영화나 축제를 접한 적이 있는 누군가는 이순신 장군의 명량대첩으로 유명한 해남 화원반도와 진도 사이에 있는 신비스런 해협 울돌목을 생각할 수도 있다.

해남海南은 이름만 들어도 알 수 있듯이 따뜻한 남쪽바다를 연상하게 하고 한반도 내륙 끝자락에 위치한 덕분에 의미 있는 상징성을 지니고 있다. 특히 '땅끝 해남'은 자타가 공인하는 최고의 지역 브랜드가 되고 있다. 그래서 많은 사람들이 땅 끝 해남에서 새로운 시작을 결심하거나 국토대장정을 출발하는 등 각별한 의미를 부여하기도 한다.

해남군은 전라남도 22개 시·군 가운데 면적(1103.14제곱킬로미터)이 가장 넓은 것으로도 유명한데 한때 시市 승격 문제를 유력하게 검토한 적도 있다. 경지면적도 전국 최대를 자랑하며 쌀, 고구마, 배추 등의 명품 농산물을 생산하고 있고 인근 바다에서는 김, 전복, 다시마, 새우 등을 양식하여 최상의 품질을 선보이고 있다. 이 모든 것이 내륙의 붉은 빛 황토와 남도의 따뜻한 햇살을 머금은 푸른 청정바다가 이루어낸 합작품이라고 할 수 있다.

이렇게 풍요롭고 평화스러운 땅에도 요모조모 둘러보면 한때의 아픈 기억을 떠올리게 하는 역사의 흔적도 남아 있다. 대표적으로 황산면 옥매광산이 있는데 일제 강점기 군수품 원료인 명반석을 채굴했던 광산으로 국내 최대의 강제노동 동원지로 알려져 있다. 1945년 어느 날 강제 동원되었던 조선인들을 태우고 고향으로 돌아오던 배에서 추자도와 보길도 중간쯤에서 원인모를 화재가 발생하여 모두 바다로 뛰어내리게 했다. 그들 중 일본말을 할 줄 아는 사람만 구해내고 나머지 조선인 118명이 그대로 바다에 수장되었다는 슬픈 이야기가 전해지고 있는 곳이다.

역사의 아픔이 서려 있는 곳이 또 있는데 '바다의 창고'라는 뜻을 가진 바로 해창海倉고을 이야기다. 해남 해창은 1757년 《여지도서輿地圖書》*에 처음 등장하는데 조선 후기에 세금으로 받은 곡식을 창고에 저장하였다가 한양에 있는 경창京倉으로 운송했던 곳이다. 해창은 일제 강점기에도 그 기능이 이어졌으나 해남의 농수산물이 한양으로 가는 대신 일본으로 실려나간 것이 다를 뿐이다. 해창에는 녹슨 양곡창고와 정미소, 직원숙소 등 역사 흔적을 그대로 간직한 건조물들이 풀숲에 묻혀 있다. 1978년 해창만 일대 간척사업이 이루어지기 전까지만 해도 다양한 목적의 포구가 여럿 있었다. 《신증동국여지승람》 기록에 의하면, 관두포館頭浦(관머리 중국이나 제주도 가는 배를 탔던 곳), 종천포淙川浦(학관이 세를 받던 곳), 백야포白也浦(고려시대 염창 소재지), 해창(해남의 세곡 저장소), 삼촌포三寸浦(옛 제주기항지이자 수군기지), 용두포龍頭浦(고대 해창만 거점 포구), 어성포魚成浦(은어·장어 서식지) 등이다.

한때 해창은 세곡 수납과 조운선단을 지키기 위한 관료들이 파견되고 인부와 세곡상인들이 붐비어 한시적으로 장시場

---

* 《여지도서》 下, p.873, 대한민국 문교부 국사편찬위원회, 1973, 탐구당.

해남의 물과 곡물로 유서 깊은 전통주 막걸리를 빚어내고 있는 해창주조장.

市가 형성되기도 했다. 여기에 고깃배는 물론이고 선박교통의 요충지로서 한때 번성을 맛보았던 곳이다. 지금은 갯벌과 포구, 그리고 너른 바다 대신에 황금물결 출렁이는 광활한 들판으로 옷을 갈아입고 있다. 지금은 해창주조장만이 옛 풍경을 지키고 술을 빚으며 전통을 이어가고 있다. 그 덕분에 그나마 이곳에서 과거 이야기를 나누는 것이 생뚱맞거나 무색하지 않다. 참으로 반갑고 고마운 일이 아닐 수 없다.

일제 강점기에 조성된 일본식 정원으로 암석과 이끼, 수목 등으로 이루어져 있다.

그곳이 일제 강점기부터 이어져온 것이라는 사실은 대문을 들어서는 순간부터 느낄 수 있다. 다소 변형은 되었지만 누가 봐도 일본식 가옥이라는 것을 알 수 있다. 좀 더 안쪽으로 들어가는 순간 마치 일본에 있는 것으로 착각할 만큼 멋들어진 일본식 정원日本式庭園이 있다. 일본정원 양식 가운데 하나인 '회유임천형回遊林泉形' 정원이다. 이 양식의 특징은 상록수를 가득 식재하여 사시사철 푸르게 하고 그늘을 만들어 습도를 유지하

여 푸른 이끼가 잘 자랄 수 있도록 함으로써 정원의 깊이를 더해주는 수법이다. 정원 한가운데 연못을 파고 다리를 놓고 석등을 배치하여 연못 주변을 산책하며 감상하는 정원이다. 하나하나 유심히 살펴보면 마치 자연을 축소하여 옮겨놓은 것 같은 느낌을 주기도 한다.

정원 여기저기에는 일제 강점기의 흔적이 여전히 남아 있다. 그 가운데 현재 경영주 오씨가 정원을 정리하다 땅에 묻

해창주조장 경영주 오병인 씨가 정원 이야기를 들려주고 있다.

혀 있던 빗돌 하나를 발견한 것이 있는데 바로 '황국신민皇國臣
民의 서사비誓詞碑'다. 이 비碑는 1937년 일제가 당시 조선인들에
게 암송을 강요한 일종의 맹세문으로 그해 조선총독으로 부임
한 미나미 지로南 次郎, 1874-1955는 소위 내선일체內鮮一體를 내세워
조선인들도 황국신민이므로 그 의무를 다해야 한다며 신사참
배, 창씨개명 등을 강요했던 것이다. 우리의 치욕적이고 가슴
아픈 역사현장이지만 한편으로 뼈아픈 역사적 교훈을 되새길

수 있는 생생한 체험교육장이 되고 있다. 이 정원庭園은 가옥의 변형에 비하면 그 원형을 고스란히 간직하고 있는 편이다. 물론 보다 정연하게 관리될 수 있다면 좋겠지만 크게 변형시키지 않은 것만으로도 고마울 따름이다. 왜냐하면 역사적 의미를 지닌 공간은 단순히 아름다움이나 완성도에 가치가 있는 것이 아니라 그 풍경 속에 시대적 이야기를 얼마만큼 담고 있느냐가 훨씬 중요하기 때문이다.

술 빚고 정원 가꾸는 일로 삶을 위로하다

정원과 어울리는 것이 참 많은데 그 가운데 차茶를 빼놓을 수 없다. 차를 마시기 위해 만드는 정원이 있을 정도인데 그것을 다정이라고 한다. 하지만 차 대신 막걸리라면 과연 어떨까? 시냇물을 끌어들여 마른 전복鮑魚 모양을 따라 만든 수구水溝에 물을 흐르게 하고 그 위에 술잔을 띄워 시를 읊고 노래를 부르며 술을 마시며 즐겼다는 경주 포석정鮑石亭(사적 제1호)이 떠오른다. 하지만 해남에는 오랫동안 서민들과 함께해 온 맛깔난 우리 전통주 막걸리를 만드는 곳이 여럿 있었다. 그 가운데 하나가 바로 정원이 아름다운 해남 해창주조장이다.

이곳은 비교적 원형이 잘 유지되어 있는 일본정원과 함께 있어서 그런지 제법 풍경이 이채롭다. 전통주 막걸리와 일본정원은 왠지 부자연스러워 보이는 것이 사실이다. 그럴 만한 이유가 있다. 이곳은 향토적 느낌이 짙게 배어 있을 뿐 아니라 일제 강점기의 애환이 고스란히 서려 있는 곳으로 술과 정원이 그 사실을 대변하고 있다.

이곳은 1923년 일본인 시바타 히코헤이柴田彦平, 1899-1985가 정미소를 건립하고 그로부터 4년 후 본격적으로 주조장을 운영하게 되었다. 이전에는 가양주家釀酒 형태의 술을 빚다가 1927년 공식적으로 주조장을 운영했으니, 정원과 막걸리 역사는 100여 년을 거슬러 올라간다. 일본 군마群馬 현 누마타沼田 시가 고향인 시바타는 1920년 친구와 함께 강진 성전면 월평마을로 들어왔고 1927년 이곳 해창마을로 이사했다. 그는 지금의 터에 건물을 짓고 살았는데 슬하에 6남매를 두었다. 광주와 목포에 정미소, 해창에 미곡창고를 운영하면서 선박 3척으로 일본을 오가며 미곡상을 한 것으로 전해진다.

제1대 주조장 주인 시바타 히코헤이는 이웃에 사는 임산부에게 미역국을 끓여 주었을 정도로 이웃주민들과 사이가 좋았다고 한다. 해방이 되자 이웃주민들은 그에 보답하기 위해 시바타 일가의 안전한 귀국을 도왔다는 일화도 전해진다. 그가

해창주조장 본체에 일본 건축양식 흔적이 고스란히 남아 있다.

돌아간 후 해창주조장에는 해남 삼화초등학교 설립자 장남문 씨가 거주하였으며 1961년에 주조장 면허를 취득해 운영해 온 것으로 알려져 있다. 그러다 양조업에 종사하던 황의권 씨가 주조장을 인수하여 30여 년 동안 술을 빚어 왔다고 한다. 이후 2008년부터 동갑내기(1961년생) 오병인, 박리아 씨 부부가 기술을 전수받아 운영해 오고 있다. 오씨 부부는 도시생활을 청산하고 정착해 오로지 전통의 맛과 멋을 지켜가는 일에 매진하고 있다. 젊은 시절 오씨는 여행을 즐겨 했는데 일본 생활도 경험한 적이 있다고 한다. 이때 전통문화와 예술분야에 대한 관심을 갖게 되었다고 한다. 그러던 중 우연한 여행길에 해창주조장의 술맛을 보고 그 맛에 반해 택배로 배달시켜 먹었을 정도였다고 한다. 오랜 단골로 해창막걸리 예찬론자가 되었는데, 이런 인연으로 연로하신 세 번째 주인의 적극적 권유로 지금의 주조장을 이어받게 되었다고 한다.

한편 2013년에는 이순신 장군과의 명량해전에서 전사한 일본군 장수의 후손이 이곳을 찾아왔다고 한다. 비록 그들의 조상은 이순신 장군과의 싸움에서 전사했지만, 이순신 장군의 위대함과 인품을 가문 대대로 존경해 왔다는 것이다. 그래서 자신들의 조상이 전사한 현장 울돌목을 찾게 되었고 비교적 가까운 위치에 있는 해창주조장까지 오게 된 것이다. 또 2014년에는 이 양조장에서 어린 시절을 보냈던 시바타의 두 딸이 찾아오기도 했다. 예닐곱 살에 이곳을 떠나 80세를 훌쩍 넘긴 나이에도 불구하고 어릴 적 마을 사람들의 친절을 기억하고 그리운 마음으로 찾아왔었다고 한다.

해창주조장은 역사적 장소로서 혹은 전통계승 차원에서의 가치도 있지만 한 · 일간 화해의 장소가 될 수 있고 이곳을 찾는 이들에게는 술과 정원을 매개로한 아름다운 문화공간으로

일제 강점기 농산물, 수산물 등을 조세로 거둬들여
쌓아두었던 창고와 종사자들의 숙소 일부.

서 역할도 할 수 있을 것이다. 네 번째 주인이 된 오씨 부부는
누군가에게 위로가 되는 술을 빚고 역사의 흔적을 품고 있는
정원을 가꾸며 한발 한발 그 꿈을 향해 나아가고 있다. 비록
아픔과 상처 위에 세워진 역사의 산물이지만, 자연을 아낄 줄
알고 누군가를 위로할 줄 아는 사람들이 만들어가는 세상은
참으로 아름답지 아니한가.

해창주조장 옆에는 일제 강점기 조세창고로
사용된 흔적이 남아 있다.

27

해남 해창주조장